Marketa Lazarová
Vladislav Vančura

Marketa Lazarová
Copyright © JiaHu Books 2017
Published in Great Britain in 2017 by JiaHu Books – part of
Richardson-Prachai Solutions Ltd, 434 Whaddon Way, Bletchley,
MK3 7LB
ISBN: 978-1-78435-231-8
A CIP catalogue record for this book is available from the British
Library
Visit us at: jiahubooks.co.uk

Jiří Mahenovi

VĚNOVÁNÍ

Můj drahý básníku, jsme již poněkud přistárlí a přihodilo se nám bezpočet věcí, z nichž mnohé nestály za nic. Co na tom sejde, jiné bývaly opět krásné a jiné opět bláznivé. Slýchával jsem, že jsi strávil celé noci u řek chytaje ryby, ale nešlo ti o úlovek, rybáři jmen. Stával prý jsi málem po pás ve vodě, a když nějaká vodní havěť ti zacukala vlascem a když jsi viděl nachylovati se poplavek, býval jsi vzrušen jako při útoku. Tety mluvily o holém nerozumu. A právem, neboť všechno to, co patří do kuchyně, jsi vrhal zpátky do proudu, směje se jako ten, jehož vousy jsou pomazány medem. Neviděl jsem rovněž smyslu v těchto zoologických zálibách, ale hra mi bývala srozumitelná. Tím lépe. Strop těchto dní je očazen a přichází podzim. Je ovšem zevrubná noc, a na okna mé světnice bubnuje větvoví lesa. Je mi útěchou mysliti na tvoje kousky a rád bych znal veselé darebnosti, jež mi zůstaly utajeny. Žel, můj otec, který by o nich mohl mnohé vypravovati, zemřel. Můj otec, jemuž se tak příliš podobáš! Je mi drahé mluviti právě s tebou, a protože z věcí, jež se tě dotýkají, znám méně, než bych si přál a než mně dostačuje, dovol mi, abych začal o loupežnících, s nimiž máme společné jméno. Nehoráznost tohoto příběhu je mi více než vhod a mám pevnou naději, že nepohorší ani tebe.

Hlava první

Blázniviny se rozsévají nazdařbůh. Popřejte této příhodě místa v kraji mladoboleslavském, za času nepokojů, kdy král usiloval o bezpečnost silnic, maje ukrutné potíže se šlechtici, kteří si vedli doslova zlodějsky, a co je horší, kteří prolévali krev málem se chechtajíce. Stali jste se ze samého uvažování o ušlechtilosti a spanilém mravu našeho národa opravdu přecitlivělí, a když pijete, rozléváte ke škodě kuchařčině vodu po stole, ale chlapi, o nichž počínám mluviti, byli zbujní a čertovští. Byla to chasa, již nedovedu přirovnati než k hřebcům. Pramálo se starali o to, co vy považujete za důležité. Kdežpak hřeben a mýdlo! Vždyť nedbali ani na boží přikázání.

Praví se, že bylo bezpočet podobných randabasů, ale v této

povídce nejde leč o rodinu, jejíž jméno připomíná Václava zajisté neprávem. To byli vykutálení šlechtici! Nejstarší za tohoto krvavého času byl pokřtěn líbezným jménem, ale zapomněl je a nazýval se až do své ohavné smrti Kozlík. Stalo se to zajisté proto, že mu křest nevnukl lepších myšlenek, ale zčásti má na věci podíl i způsob jeho odívání se. Chlap vězel všecek v kožích, a protože byl lysý, nosíval kolem hlavy omotanou kozí kožišinu. Měl věru proč tak pečovati o svou lebku, neboť byla rozražena a srostla jen tak halabala.

Je více než jisto, že kterýkoliv vojenský pán za dnešních časů by zašel od té rány dříve, než by mu zdravotnický sbor podal lžičku čaje, avšak Kozlík! Naplískal si na hlavu jíl a dojel domů na koni, jemuž zkrvavil bok barbarskou ostruhou. Věnujte mu vzpomínku méně přísnou za to, že byl tak statečný a nevřískal. Nuže, Kozlík takto poznamenaný měl osm synů a devět dcer. Žel, toto požehnání nepovažoval za přízeň boží a chvástal se před sobě podobnými, když v sedmdesátém prvém roce jeho věku se mu narodil nejmladší syn. Jeho manželce, paní Kateřině, bylo o krtinách právě padesát čtyři leta.

Té plodnosti! Jestliže tehdy ani na chvíli neoschl nůž od krve, dostávalo se vrahounům tolik zdrojů života, že jste nuceni představiti si anděly zvěstování, již stávají za hlavou manželských postelí, jako baculáče v těsných šatech, jejichž tvář zbrunátněla a jimž vystupují na čelech žíly.

Za časů Herkulových krev se rychle obnovuje. Někteří ze starších synů Kozlíkových byli rovněž obdařeni dítkami. Pět dcerušek se již provdalo a čtyři byly doposud dívenkami. Starý je sotva znal, byly méně než služtičky.

Cožpak jalová krása stojí za zmínku? Až budou mezi jejich stehny vrněti děti, až budou míti plný prs, až vykonají něco úměrného svému zdraví, pak bude Kozlíkovi vhod s nimi mluviti jako s dcerami. Až se to udá, jednu po druhé nazve škaredkou a přitáhne si ji k chvostnatému uchu.

Zbývá mi zmíniti se o synech a pověděti jejich jména. Je jich tak mnoho! Prvorozenému říkali Jan, po něm následovali Mikoláš, Jiří a Adam, tuto řadu vystřídaly dcery Marketa, Anna, Salomena a opět synové: Smil, Burjan a Petr a opět dcery: Katuška, Alena, Eliška, Štěpánka, Iza, Drahomiř, jež byla sťata v devátém roce svého věku. Syn poslední ze sedmnácti dětí byl pokřtěn jménem Václav.

Za časů povídky byla země žírná a louky věčně zelené. Sekáčům vykukovala z trav sotva hlava. Avšak hrdlořeza nic nepřiměje, aby se obrátil k líbezným polím. Dvě či tři krávy s plytkým vemenem proháňkami jsou již více uzpůsobeny k běhu než k popásání se. Bezpočtukrát měly plnou hubu pupenců a travnatého pýří, když je divouští pacholci Kozlíkovi za hrozného povyku schytali a horempádem vlekli k vozu. A již je opět uvazují za rohy! Chudinky, bude jim klusati za ztřeštěnou nápravou jako koníkům.

Proč tato stěhování a útěky? Kozlík a všichni jeho synové jsou loupežníci. Obávám se, že toto označení platí i pro paní a dívky jejich rodu. Je to lupičská banda. Práce jim nevoní. Na rozkošných polích pustnou lesíky a jejich utěšená tvrz Roháček je vymlácena a shoří každého desetiletí. Budou se skrývati po lesích. Co na tom sejde, zastihne-li rodičku její hodinka právě u ohně? Nic! Dostane se jí slepičí polévky a nudlí ze zlodějského kotlíku! Potom přivlekou kněze, jejž popadli u chrámových vrat či rovnou v posteli. Uvidíme, zachce-li se mu námitek. Ať koná svoje řemeslo, neboť tito loupežníci si potrpí na náboženství. Což kdyby maličký byl zabit jako nekřtěňátko! V roce našeho vypravování udeřily v prosinci zimy tak vášnivé, jako bylo tehdejší křesťanstvo. Roh koňských kopyt připražoval se mrazem jako rozpálenou podkovou a na cecíku krav byly ledové krupky. Za takových dní je dobře býti u ohně, ale u všech všudy, oč se mají lépe ti, již budou spáti v domech či na otýpce klestí v chlévě. Naneštěstí se král rozhněval na poberty a poslal po saských silnicích pluk, aby je stínal a věšel. Kozlík se chtěl brániti na Roháčku, avšak rybniční příkop rázem zamrzl a led zesílil do té míry, že by jezdcové mohli přijíti málem pod okna tvrze. V otevřeném poli mohla Kozlíkova smečka státi proti padesáti lidem, avšak kolik jich přicházelo?

„Mikoláši," řekl starý nezvolňuje vlčího kroku, „vezmi dva koně a turecké látky, co jich máme, a dárek, který vybereš pro paní. Jeď k Lazarovi!"

A rozmilý syn, jemuž mráz poměďoval obličej beztak brunátný, nebyl již s to, aby zadržel pohyby, jež ho táhly již k stáji. „Osedlej mého hřebce," zvolal na pacholka přinášejícího pánev. Bylo vždy naspěch, kdykoliv poslední z těchto pánů si něco zamanul. Sloužící udeřil kotlíkem. Měď doposud chrastila, a byl již ve stáji. Zlořečený kůň, bije a vzpíná se a klisny obracejí své hlavy a hříbata kvikajíce se melou v klubku.

Zatím Mikoláš svýma velikýma rukama, svýma chlupatýma rukama, svými drápy se hrabe v pokladu a drtí jej, nenalézaje to, co hledá. Konečně zvedne smotek nádherné tkaniny. Byla pocuchána, neboť arménský kupec, jenž ji vezl z Persie do Nizozemí, nepopustil a tiskl ji zkříženýma rukama k své ptačí hrudi. Na tkanivu je stříkanec krve. Dobrá, to zajisté mého beránka neznepokojuje. Toť skvostný hlídač pokladů či plenitel pokladů, jejž nic nevyruší. A přece! Dva větrné nárazy na dveře jej přimějí, aby se poohlédl a přirazil víko truhlice. Hle, jakási čelenka je málem vedví. A již je rozhodnuto o daru; jako vše v těchto bouřlivých časech byl označen ranou.

Mikoláš se přepásá a narazí si železnou přílbu, zoban na zoban. Zoban na hákovitý a skobatý a pyšný nos.

Zblázni se ve svém kloboučku! Ať ti ozebe mozek!

Již jsou přichystáni koně, loupežník obkročí hřebce a jeho dobrý mistr a vlídný tatíček za ním houká to, co si žádá, aby vyřídil v pelechu sousedově. Není to více než deset slov.

Rozvážnému pánovi se vidí s výhodou bránit se ve spolku s chamradí, jíž nastokrát vylál a vyspílal. Jak jinak, Lazarovi straší na silnicích, suší své košile ve vrbinách a za soumraku kradou koně, nic nedbajíce na dobrý rytířský mrav, jenž nás má k tomu, abychom jasně dali najevo svůj úmysl a záměr, než počneme stínati.

Obraceti kapsy chlapům, jež jsme odzbrojili! Jaký nevkus.

Nicméně, zdá se více než prospěšno přimhouřiti nad sprosťáky oko. S čeledí bylo Lazarových dvacet tři, loupežníků pak třicet devět. Mohli přejeti přes záda ospalé pěchoty, která se štráchá po silnicích s klevetnými bubeníky, s pyskatými trubači, s ožralými markytány a děvkou se sukní nad kolenem. Och, kdyby přicházela pěchota stlučená z dobrodruhů! Ale jde-li hejtman se stráží v týle, se stráží v čele, se stráží v bocích! Jdou-li družiny jízdné a družiny pěší, zachovávajíce obrazce a tvary, jež se ježí zbraněmi a jež jsou řadovány v rovině čelní a šípové! Ti holomci se vyznají ve své věci a každý z nich se rve za šest! Myslete si však, že je bystrý den a že věje vítr do sněhového mračna. Unáší je, zmítá jím, trhá je a rozptyluje, až nebesa a čas opět září. Led na rybnících praská a na kalužinách zvoní tříšť. Je slyšeti v keříčcích zmrzlé chřestění, neboť větévky se lámou. Sníh je sypký jako sůl a práší se za koňskými kopyty a ulpívá na chomáčcích srsti ztužuje ji v ledové bodliny. Mráz splétá hřívu v copany. Mráz, mráz, mráz! Mráz či léto, loupežník nemyslí, leč jak by prolil krev. Podobá se bubeníkovi, jemuž se v trysku samovolně rozezní buben, podobá se bubeníkovi, který neudeřil k bubnování, a přece slyší svůj nástroj. Loupežníci! Což nejsou všechna jejich podnikání krvavá?

Mikoláš jede opět na výboj a hřebci, které pohání, jsou pouhý stín jeho zuřivosti. Uprostřed cesty dal ušlechtilý jezdec vydechnouti koním a zbytek, aniž dobrák pospíchal, dojel opět tryskem.

Tvrz Lazarových se jmenovala Obořiště. Fí, ustrašené hnízdo! Lazar a jeho chasníci, jakmile spatřili Mikoláše, pobíhali, jako by jim spadl klíček do rybníka. Starý Lazar, který má bradu jako kouř, vyšel před branku. Je na příchozím, aby začal mluvit.

Mikoláš raději pozdravil, než by něco řekl. Zloděj nemohl nečichati stěhování. Po chviličce mlčení otázal se Lazar, nepotkal-li Mikoláš jeho posla. „Vypravil jsem ke Kozlíkovi chlapce," řekl, „aby se ho otázal o pomoci. Roháček je pevné místo!"

„My vám pomůžeme," řekl zbojník nikoliv bez veselosti, „my vám pomůžeme, chcete-li státi před Boleslaví. Roháček, můj rytíři, vymrzl nadranc. Postavíme se v ohbí silnice, kde je blízko les. Spěchej, Lazare, je svrchovaný čas a královo vojsko je nablízku. Kdyby tě jali vojáci, ty přepadavači pocestných, nevyvázneš se zdravou kůží."

„Král," odpověděl Lazar, „král je spravedlivý, ale ty, kdo budou zastavovati jeho vojsko, zvěší při silnicích."

Tu sesedl zbojník z koně a vzápětí se počala váda, z níž chlístá krev. Maličká pohrůžka, maličká zmínka o šibenici vehnala Mikolášovi krev do hlavy, rozpřáhl se, aby dodal důrazu svým slovům, a řekl:

„Král stojí za svými hejtmany a všichni jsou vzdáleni na tři dny cesty. Král tě neslyší, Lazare, ale já tě slyším. Hlupáku, byl bys učinil lépe, kdybys odpíral cti a pokory a lásky králi, který je vně tvojí ohrady, než nám, kteří jsme uvnitř. Připrav se, holomku!" Řka to vytrhl zdvořilý vyslanec bičík z pěsti kteréhosi pacholete a jal se jím švihati Lazara do tváře a přes plece a po bocích.

Domníváte se, že lidé z Obořiště měli ve jménu našeho Pána napomenouti hosta a domluvou mu vštípiti úctu k starcům? Stalo se, že se na něho vrhli ze všech stran. Bodali ho a pokryli mu tvář škrábanci a zpruhovali mu záda holemi. Octl se na zemi a tu k němu přiklekli a řvali mu do uší nadávky a hrozná prokletí. Byli by ho zajisté utloukli, ale jedna z bodných ran otevřela mu žílu; krvácel jako býk.

Tratoliště pod jeho hlavou se zvětšovalo, nabývajíc tvaru stínu, jejž vrhá helmice. Byla to velikolepá podívaná pro zlodějíčky, kteří nedovedou leč posmejčit křížek a opět dukátek, když jej malá dívenka sňala ze svého krku. Je to velikolepá podívaná a chlapi se zastavují s otevřenou hubou. Jsou bez dechu a odstupují po půlkrocích. Srdce jim cukají za jazyky, lítostivá srdce zlodějů, již nejsou hrdlořezy.

„Pane Bože," dí zbitý Lazar, „nebyl bych o nic bohatší, kdybych ho zahubil. Ať si vstane, ať si jde po svém, ať si scípne po správě boží. Věru, dopustili jste se veliké chyby, že jste ho ubodali tak prudce. Bylo by s výhodou, kdyby byl zemřel na cestě či v loži a měl čas litovati svých skutků. Ach, darebáci, darebáci, cožpak nevíte, že má pan Kozlík více synů než ovcí? Mohli jsme prositi spravedlivého krále. Mohli jsme se oddati pokojnému řemeslu při silnicích, až by byl odešel. Avšak, co učiníme teď? Připravte se na proháňku. Budeme utíkati na koních, jimž spěch natáhne nohy, až budou nízcí jako kozičky. Sesedneme v lesích a budeme utíkati, bijíce se patami do zad."

Na mou čest, to, co Lazar řekl, bylo včas připomenuto.

Mikoláš zatím za boží pomoci zvedl hlavu. Jeho krásný nos je odulý a jeho rty jsou odulé, z oka mu vytéká krev a jeho vousy jsou zervány. Opře se dlaněmi o zem a dopolou se vztyčí. Žel, je příliš sláb a opět se rozprostře jako na kříž.

Ach, vy poseroutkové, vy lazarští zlolajníci! Snad se

nedomníváte, že se něco prihází mimo boží úradek? Snad se nedomníváte, že se Mikolášovi dostalo tak znamenitých kostí a tolik krve jen ze svévole, jen z rozmaru Prozřetelnosti, jíž se utrhla ruka? Události jsou plny záměrů a my, kteří zhlédneme věc v jejím konci, snad porozumíme aspoň zlomku veliké moudrosti boží. Mikoláš neumírá, chraň bůh. Vybavil z mdlobného područí svoji hlavu, vstává, otřásá se a sníh bezvědomí a sníh slabosti se sype z jeho pláště.

Kdyby byla přítomna jediná hodná holka či rytířský chlap, jenž ví, co nám ukládá ušlechtilost a křesťanské milosrdenství, zajisté by Mikolášovi přiložili obvazy a podali vodu. Ale ďas ví, napadla by ho dobrá? Přijal by podobné změkčilosti? Prosím vás, je dovoleno je přijímati? Rád bych uvedl všechno, co řekl, ale žádné slovo není dost pravděpodobné. Ten zarputilec asi mlčel. Vytrhl z opasku nůž, a zhusta se otáčeje, vyšel.

Před brankou mrzli spoutaní koně. Hlupáci a hlupáci, lazarská neviňátka, východní tkanivo, tkanivo nesmírné ceny, je doposud přivázáno na hřebcově sedle! V Obořišti pro kratochvíli zapomněli na dobré zvyky.

Jen k vlastní škodě, neboť Mikoláš se již nerozpomněl, že přišel s dary. Mračí se jako kříž. Chvála Bohu, že byl s to nasednouti na kůň, v sedle se již udrží.

Není nesnadné uhodnouti to, co následovalo po této příhodě. Hněv Kozlíkův, bědování ženských a řvaní pacholků. Vedli si jako ďáblové a ďáblice.

Mikoláš ležel s nosem rozplesklým na polštářích, chodili mimo něj sem a tam a nikdo s ním nevyměnil slova. Rozeznávám v této zdrželivosti stud a pohrdání.

Býti zbit jako podkoní! Proč se jen Mikoláš lépe nebránil? Bratříčkové a devět sestřiček bylo by pocítilo útěchu a jejich duše by se zaradovaly, kdyby byl v oné šarvátce zabil aspoň jediného člověka.

Kdyby byl sám usmrcen, zvedli by křik, zakoušejíce slavný smutek. Lomili by rukama, Obořiště by vzápětí lehlo popelem a Lazarovi by byli postínáni. Nyní z rozpaků odložili vše na zítřek.

Když se rozednilo, odejel Kozlík s dvaceti jezdci k Obořišti, zanechav zraněného Mikoláše a ostatní na Roháčku.

Špatný začátek nedodává ducha. Kozlíkův kůň se vzpínal, jeho dobrý rozum prchl a nechtěl vyraziti na cestu. Věru, nebylo radno se rozdělovati, neboť králův pluk se již blížil. Jaká pošetilost, loupežníci, majíce v týle vojáky, dali se do stíhání, a jejich pelech je vydán téměř napospas. Nebylo to uváženo. Kozlíkova smečka se podobala dobytku, který se zaběhl. Jeli zostra, mráz je poblazňoval, mráz a vojenská chyba, či lépe vědomí o této chybě. Kdyby se někdo vypravil na řeku s děravou lodí, nepočínal by si nerozumněji. Kozlík mlčel, Jan nemluvil a pacholci byli zasmušilí. Když dojeli, rozeslal starý stráže. Vrátily se s novinou, jež byla nabíledni: Obořiště je prázdné. Ptáčkové vylétali. Jan znechucen skutečností, kterou předvídal, se obrátil. Pacholci zažehli tvrz. Počínali si netečně, ale plameny rozveselují. Nic naplat, za tohoto převelikého mrazu je utěšené slyšeti praskání a syčení ohně.

Všechno, co je smrtelné a co je uděláno rukama, hyne, nejlépe je míti své majoráty a statek na nebesích. Kdo je toho pamětliv, zřídka plakává. A nejméně, hoří-li dům, který je cizí a který jste sami zapálili.

Loupežníci se radovali a výskali a pobíhali kolem spáleniště, budou tak pravděpodobně činiti vždy, dokud zůstanou naživu. Jejich koně se vzpínali, nastavujíce břicha horkému vánku. Do jejich hřív zapadaly jiskry a Kozlíkův kabátec přihoříval. Pohříženi do své zábavy setrvali loupežníci před Obořištěm až do poledne, potom se rozjeli, spěchajíce nalézti něco k jídlu. Konečně vyštráchali někde vepříka, ale nesnědli ho! Kozlík již pískal na píšťalu, a shromáždiv tlupu, rozkázal, aby se měla k odchodu. Přeťal sám provaz, za nějž chlapi vlekli kvičícího pašíka, a popojel za ním, až pelášil jako zajíček. Loupežníkova starostlivá úvaha se nesla za jinými cíli, než je kuchařství a rožeň. Myslil na vojáky, kteří vidí na obzoru záři. Kozlík znal královského hejtmana a zevrubně věděl, jaká je to liška.

Byl to syn jakéhosi sedláčka, ale pěstí, vojenským rozumem a jinými zvláštními milostmi byl urozený jako kterýkoliv pán. Kdysi žil na Kutných Horách jako počestný kupec a služebník boží, stal se věřitelem jednoho z velmožných milostpánů, a

12

naráz byl na vojně, naráz mu svěřili hejtmanství. Slynul nebázní a poslouchal jenom krále. Panečku, zakousne-li se takový ohař do lýtka, je veta po punčochách! Sebéře vám všechno, co jste si nashromáždil, a ještě je mu to málo, ještě nevěří, že bohatí lidé nejezdí každý den se zlatými náklady!

Toť se ví, že vám jde při tom o život, chlap je ochoten vás stíti či pověsiti a rozhodne se jen podle toho, jak se vyspí. Kozlíkovi byl tento voják z duše protivný a byl by se mu rád dostal na kobylku. Jednou se mu velmi přiblížil, ale nenalezl mezery v jeho krunýři. Nebyla s ním boží vůle a sotva sám unikl. Tehdy jej hejtman, který se jmenoval jménem Pivo, pro temnotu nepoznal, ale bylo nasnadě, že to uhodne, jestliže se zamyslí. Kdo jiný by na něho mohl vzkřiknouti: Braň se, kupečku! Kdo by to byl mimo tohoto bláznivého dědouška? Běda, máme-li u svých soudců zvláštní účet! Nicméně Kozlík věřil v Boha, jenž mu prokázal mnohá milosrdenství a jenž poznovu ráčí zvelebit jeho tlupu, aby byla hbitá a rázná a uvedla ve skutek všechna dobrá vnuknutí. Věděl, že nemůžeme na světě žíti bez velikých obtíží, bez almužen a mnichů, bez soudců a šibenic, bez krále a výběrčích, bez patálií, v nichž se vydáváme v nebezpečí porážky a smrti.

Přemýšleje o podobných věcech zřekl se Kozlík vepřové kýty a s velikou opovážlivostí zahnul na hlavní cestu. Šlo mu o to, aby popadl nějakého poutníčka přicházejícího z jihu. Buď si kdokoli, jen když spravedlivě řekne, kde stojí Pivo s vojskem.

Ale silnice byla zcela vymetena, ať Kozlíkovi lidé hledali jak hledali, nebyl k nalezení ani žebravý mnich, ani mniška. V takových mrazech se sedí leda za kamny, kdopak by vycházel na cestu?

Táhlo ke třetí, mráz leptal zbojníkům na tváře růžičky a rozvěšel jim po nosech hýly. Již byli netrpěliví, a tu, jako na zavolání, je viděti jezdce. Sklání se ke koňskému krku. Pokud lze rozeznati, není ozbrojen. Jeho kůň nemá uzdy. Mladý pán zřejmě utíká. Když zhlédne loupežníky, nezdá se býti poděšen a kyne jim, snad aby mu přispěli.

Jan se již rozjíždí, uchopil koně za nozdry a zastavil jej otočiv mu hlavu. Kdo je ten příchozí? Již mluví.

Mluví a mluví, ale to není náš jazyk! To je německá řeč. Loupežníkům je příhoda k smíchu, cení své tesáky a pošklebek pozvedá jim vousy. Kdo by mu rozuměl! Avšak Němcův kůň je ušlechtilý, snad stojí za něco i jezdec.

Tehdy se zalíbilo Bohu vnuknouti hrdlořezům něco milosrdenství. Vzali nebožátko domů, vrátili se, a na silnici zůstal jen Jan s pacholkem.

Asi po třech hodinách viděla opět Kozlíkova stráž kvapící jezdce, polapila z nich toho, který měl koně nejvíce unavena a jenž se opožďoval. Byl to jeden z čeledi, jež pronásledovala německého pána. Chlap byl snad odkudsi z pomezí, či byl tak velmi učený? Buď jak buď, mluvil oběma jazyky a bylo obtížno rozeznati, který z nich je jeho mateřštinou. Jan mu vykloubil ruku v zápěstí a odzbrojil ho.

Žel, cizinec nemohl nic říci o královském vojště. Němečtí oděnci ujeli pouhé dvě míle po říšské silnici stihnuvše ji po honičce v polích. Když se jim nedostalo odpovědi, loupežníci poodešli se zbrojnošem do lesa, a svázavše mu nohy, vrhli ho na zem. Janovi bylo čekati na lepší zprávy.

Silnice jsou zajisté k potřebám vojsk, ale chodívají po nich i sedláci. Hle, jeden z nich se vrací na svůj stateček. Prodal ve městě vlnu a nyní pospíchá stísněn starostí o svůj peníz, neboť pro něho není bezpečí. Chuděra, má váček na nahém těle.

Ach, Holinečko, rozluč se se svým jměníčkem! Vzácný pán ti rozbije hlavu a peníze budou v pekle!

Nikoliv. Snad se sedláček modlil k svatému Martinovi, který bývá orodovníkem ve věcech přepadů, či samému Bohu, jenž viděl jeho duši proniknutou žádostí po penězích, se zlíbilo, aby odešel v míru a neobrán?

Je jisto, že odpověděl na otázky a že se jeho zevrubnost do jisté míry shodovala s pravdou. Když domluvil, pokynul Jan pacholkům, aby pustili otěže, a chlapi, přetáhnuvše koně provazem, vzkřikli mu do uší: Jeď! Jeď!

Jan se vrátil samým večerem na Roháček. Zatím sedlákova korba všechna šťastná a chlupatá od vlny rachotila domů. Bylo řečeno, že beránek přináší štěstí, a nám se to rčení líbí.

Kozlík měl pro svůj poklad skrýš na těžko přístupném místě v bažině uprostřed dubiny. Bývala mu dobrá v neklidných časech, kdy na něho král nebo sousedé dotírali. Dnes opět vybrakoval svůj poklad a vše, co nemohlo býti naloženo na koně, uložil do lesní pokladnice. Obcházeje známé místo, čekal, až se setmí, a tak se stalo, že se zdržel venku o chviličku déle než Jan. Vešel pomazán blátem a jeho strašná tvář byla dvojnásob strašnější. Mladý německý pán, který si tak dobře vedl na koni, byl nyní bledý, jako je rouška. Stál u ohniště a Kozlíkovi synové a jejich sestřičky a ostatní dámy věnovali mu všechen svůj zájem. Jiří mu svítil do tváře a měl jej k tomu, aby se obracel hned tak a hned onak. Podobá se, že věc nebyla příliš vzdálena od trápení, ale Bůh věděl, že se tak dálo proto, aby se stalo skutkem andělské dílo. Pán čas od času propůjčuje lidem, nechť jsou jakkoliv divocí, skvoucí bláhový a ušlechtilý cit, který je připodobňuje Jeho velebnosti. Vdmychuje v lidská srdce lásku, o níž se praví, že je korunou života.

Louč sežehla mladému Němci brvy, nicméně viděl, co mu Bůh ukazoval. Spanilou Alexandru.

Hlava druhá

Kozlík byl zuřivý hrdopýšek, jeho synové se mu podobali, avšak jak mluví vypravování o jeho dcerách?

O nic lépe! Žel, proslýchá se, že měly povahu litic, že byly hrubé a že jejich spanilost nic nebránila politováníhodným zálibám. Místo dívek je u ohně, avšak tyto divošky měly na mysli spíše kolbiště než pokorné práce v kuchyni. Věru nezasluhují se radovati, ale jejich smích a jejich chechtot netichne, ačkoliv nadešla noc. Mluví o zajatém Němci a posmívají se mu a není ani slechu o nějakém mravu. Kateřina se vzteká a opakuje jméno příchozího: Kristián, Kristián, Kristián. Druhé jsou k smíchu cizincovy bělostné ruce. Nenechají bez zmínky ani jeho způsob odívání a drahocenný prsten je ponouká k chechtotu. Copany, rulíky a záplava vlasů připomínají temnotu, z níž se vynořují běloskvoucí a dokonalé údy čarodějnic.

Kéž vás příliš nepohorší tato šklebící se krása, snad právě jim bude dáno, aby uzřely boží tvář, a my písaříčkové možná zahyneme.

Alexandra se neodlišovala od svých sester, byla však útlejší. Její tvář připomínala sníh, který barví večerní červánek. Nyní pak byla přespanilá, neboť ji již zastiňovalo křídlo milosti. Smála se s ostatními, ale uprostřed smíchu ji přepadl smutek a opět stesk. Bála se, že přichází nemoc, neboť jí byla neznáma nejistota a cit, v němž se směšuje toužení s odmítáním a něha s cudností. Kozlík, ani milostní bratříčkové, ani sestřičky nemají tušení o lásce. Avšak její anděl, přišed znenadání, již vyřezává srdce do kůry jilmu. Přitakává si, vpisuje počáteční písmena dvou jmen: Alexandřina a Kristiánova. Roháček spí. Kozlík chrápe tak, jak se sluší na milostpány, kteří jsou v bezpečí. Je přikryt kožemi, má roztažené ruce a nos vzhůru. Mikoláš spí na lavici, ale nestojí za mnoho ten jeho spánek. Chtivost pomsty mu brání, aby spal, a nedá mu pokoje. Hrome, kdyby tak prohlédl na levé oko, kdyby se mu tak vrátily síly, ten by pospíchal za Lazarem! Ale, vážení pánové, nevidí ani zbla, div nemá hlavu vedví a na víčkách a kolem očnice mu roste otok jako těsto v díži.

Nahlédněte však do ženské světnice.

Některé paní mají v loktech dítky, je zde horko, pach nemluvňátek a mléka.

Alexandra doposud bdí. Její duše pociťuje závrať a trne. Ubožátku není již pomoci, to právě jsou příznaky lásky. Kéž se její touha naplní!

V kolně, která sloužila za skládku steliva, mrzl Kristiánův pronásledovatel. Jakže? Byl to přece sluha, který chodí za svými pány. Sám neměl proti němu zhola nic. Ale již se stává, že sloužící sdílejí s barony a s hejtmany jejich nenávist. Převaloval se z boku na bok, nemoha se domysliti, odkud přichází neštěstí na chudinky, jako je on sám. Zebe ho, protože poslouchal. Bolí ho ruka, protože je Jan hromotluk, protože je Kristián sličný.

Ach, Kristián! Zapomněli na něho, nikdo se ho na nic neotázal, neřekli mu, kam má jít spat. Zbrojnoš z kolničky mohl o něm mnoho vypravovat. Je rytířem a jeho rytířství vstrčí do kapsy zdejší pány čpící konírnou. Cítil rozpaky pro pomoc, které se mu dostalo tak mimochodem.

Kristián se dočkal rána posedávaje po stoličkách a byl by s chutí utekl. Před okny však přecházel stín loupežníkův. Tu se mrzel na neuznalé Čechy; láska k Alexandře se opovídala nespokojeností.

Kristiánem se končí výčet všech živých tvorů na Roháčku.

Druhý den nastalo stěhování. Byla ještě tma, a již Kozlík vykřikoval své rozkazy:

Utáhni popruhy! Koně sem! Bedny a sudy! K vozům! Chlapi pobíhají a každý se činí, seč jest. Ani paní, ani slečinky nezahálejí. Ta přináší koš, ta přikrývky a nářadí kočovníků. Konečně nasedají na koně a na vozy. Dívky obkročují koně jako lancknechti, paní s dětmi na rukou usedají pod plachtovím, pacholátka se derou na kola a Alexandra se opožďuje. Vyzve Kozlík Kristiána, aby je následoval? Rozpomene se na cizince z Němec? Nikoliv, nedbá než svého zboží a své tlupy. Slečna poznává Kristiánův neblahý osud. Bude ztrestán jednoručkou, který se prodere z kolny a stihne nešťastníka již na pokraji lesa. Žel, nepodobá se, že by se ubránil. Kdoví zdali někdy zdvíhal meč a napínal luk, jeho ruce jsou bílé, snad je to kněz.

Její úzkost se zvětšuje pro toto pomyšlení, a nakonec je přinucena vybídnouti cizince posunkem, aby následoval jejího koně. Dnes poprvé jest jí skrývati vlastní vůli a kradí se ohlížeti za svým otcem.

Jan jede z brány poslední, ale neuzdá se mu, aby se divil, když spatří Kristiána na cestě. Pro něho není Němec zhola nic. Zanechati však nepřítele ve vlastním domě je povážlivé. Jan se vrátí, otevře dvířka kurníku a vyvleče cizince na sníh. Snad jej nezahrdlí? Má namále, avšak Alexandra znamená Janovo omeškání a vrací se za ním. Její kůň obíhá v skocích a každý z nich znamená slečnin hněv.

„Přeji si, aby šel s námi, přeji si, aby tlumočil řeč, kterou neznám. Chci tomu. Ať jde!" pravila Janovi. Její převaha je zjevná a bratříček byl beztak na rozpacích, nuže, ušetří ho. Snad se přihodí, že bude k užitku.

Mnohé věci se vymykají lidskému rozumu. Dva nepřátelé, z nichž jeden byl kníže a druhý prosťáček, se již nerozloučili. Stalo se, že za své strázně nalezl jeden ve druhém zalíbení, že si pomáhali, že měli všechno společné a tak se milovali, jako se dříve měli v nenávisti.

Jan připoutal loket Kristiánův k levici sluhově a rozkázal jim jíti mezi dvěma vozy. Kráčeli nablízku Mikoláše, který již seděl na koni. Měl hlavu omotánu plátnem a nevšímal si poutníků, kteří pospíchají v oblaku zvířecího dechu, neboť za nimi klusalo koňské spřežení. Když se uráčil ohlédnouti se, viděl, že jsou oba bez dechu. Raněná ruka zbrojnošova zpuchla a ozábla. Nešťastník zaťal zuby do rukávce a nesl ji, jako ohař nosí zvěř. Kristián klopýtal, na tváři střídala se mu bledost s červení. Zdálo se, že upadne, aby nevstal. Tu se udala nevídaná věc. Mikoláš pokynul, aby nasedli na vůz. Nebyl tak zcela neútrpný, a jestliže se jednou jeho duše nezřítí do propasti, bude to zajisté pro tento skutek.

Podivno, Alexandra přála cizinci málem od prvého pohledu, ale nepřišlo jí na mysl, že by mu mohla býti cesta za obtíž. Byla se svojí kobylou kdesi vpředu, opatrnice, předstírá, že je jí Němec lhostejný.

Loupežnická tlupa směřovala na východ, k hvozdu a k hlubokým lesům. Královský hejtman zajisté zmrzne, kdyby je chtěl se svým plukem pronásledovati. Nehne se z místa a bude zmrzati, neboť horlivost vojska je závislá na kuchařském kotlíku. V bezcestí Šerpinského hvozdu uvízne markytánův vůz, děvky si ováží hubu a dají se do nářku, tu padne kůň, tu jako s uděláním se rozsype kolo, bubeník klímaje bude tlouci hlavou o svůj buben, chlapům se otevrou rány na nohách, vlk přijde blíže a mezi kopími budou hřadovati havrani. Již si otírají zobák, již vzlétají.

Na druhý den se zastavil hejtman nad Kozlíkovou stopou, jež se hroužila do středu těchto revírů smrti. Chviličku váhal, jeho vojsko se neskládalo nikterak z nováčků, byla to pěchota k dobývání pevností, pěchota, jež dobře útočí na hradby, ale v poli postupuje jen zvolna. Tím hůře bude v lesích, v této krajině plné závějí, tam, kde jiskří mráz místo táborového ohně, kde jsou rysové místo čuníků a kde ulovíte poštolku, nikoliv však tučnou husu.

Ve vojště, jež přitrhlo s hejtmanem Pivem na lesní cestu, byl mladičký rytíř jménem Sovička. Odkud se vzal? To věru nevím. Snad mu šlapal na paty nejstarší bratr, snad mu nasolili někde v klášteře, snad provedl něco nekalého, či kdoví nemyslil-li si, že i chudý a prostý rytíř může dojít ve vojště a ve válkách hodností. Tento Sovička byl ošklivec, jeho rady nestály za mnoho, ale Pivo mu přece propůjčoval sluchu.

„Proč bys, hejtmane, otálel, proč bys váhal vejít mezi to chrastí," řekl tlusťochovi. „Pravíš, že půjdeme jen zvolna, budou však křoviny ustupovati z cesty lapkům? Což nevidíš, že mají těžké vozy? Rozděl své vojáky po stu, zůstaň při silnici a my je obchvátíme. Do tří dnů budou sehnáni na cestu."

Pivo mu odpověděl, že pošetilost nemůže vnuknouti horšího mínění. „Zvíš, kdo je Kozlík, zvíš to, dudáčku," řekl nasedaje opět na kůň. „Kdybych proti němu poslal sto jezdců, nikdo se nevrátí. To jsou královi jezdci a já o ně dbám. Nepošlu je, aby na ně najížděl, když budou spát, pobíjel by jejich stráže, a když by zemdleli hladem a mrazy, odvážil by se krátkých bitev, sám unikaje na koních."

Pivo obrátil koně k pevnosti Roháčku, kde ležel jeho pluk. Jezdci se dali za ním, jenom Sovička se domníval, že má důvody k pochybnosti, a vjel na sám pokraj lesa.

Nešťastník! Kéž by to byl nečinil. Dva Kozlíkovi synové, dva hanobitelé královských práv, dva zhoubcové jeho vojska, stáli v záloze a viděli ho.

Zatímco se Pivo vzdaluje, sestupují z návrší. Je to Jiří a Jan. Již jsou opět na koních, již se neskrývají. Jakže, samotinký voják by měl pohrdati nařízením a královskou službou? Pluk by slavně zdechal a ten, komu je dáno spatřiti nepřítele, se vzdá? Co sejde na jediném hlupáčkovi. Avšak býti mrtev! Necítiti již nikdy kouřů tábora ani líbezného doušku, býti zapíchnut, zatímco doma předou! Býti sprovozen z krásného světa jen proto, že jste kdysi viděli přecházeti pluk pod prapory, jen proto, že zvoní podkova, jen proto, že jezdec zakládá ruku v bok, jen proto, že si dívky zacláněly oči, když řičel kůň prožluklého korneta!

Ach, ustrňte se, vzácní pánové! Pro lásku boží se vám vzdávám na milost. Slitování, slitování, slitování!

Sbohem, Sovičko, můj škaredý příteli, zvedni svůj meč a aspoň trošíčku se braň!

Pivo se zastavil a volal rytíře jménem. Když mu nikdo neodpovídal, sáhli jezdci po zbraních a krok co krok se rozhlížejíce šli, až přišli k Sovičkově mrtvole. Ležel s rozpolcenou hlavou.

Tu se stalo, že se hejtman rozlítil a křičel, aby jej bylo daleko slyšeti: „Že jsem tě neposlechl, nešťastníče, hle, Bůh nám ukazuje, že trest nesnáší odkladu. Nedám odpočinouti vojákům, ani dobytku, ani zbraním, dokud loupežníky nepřivedu v poutech před krále. Budu je stíhati tak urputně, jak nebyl dosud nikdo stíhán, a kdyby bráníce se byli pobiti ve šrůtkách, zjímám jejich děti."

Na tuto přísahu se z lesa neozval ani hlásek. Snad již Jiří a Jan prchli, či slyšeli hejtmana ukazujíce prstem na jeho břicho? Zbrojenci, kteří byli s Pivem, zvedli Sovičkovu mrtvolu a pochovali ji na nádvoří Roháčku. Téhož dne pevnost shořela až do základů. Plameny jsou vojenská kytice. Nad Sovičkovým hrobem srší ohnivé palmety a růže. Chudičký voják hejtmanův se ještě narychlo přehrabává v naloupených skvostech, ještě zhltne, kde je co k jídlu, ještě si sváže uzlíček, ale střecha již přihořívá, prchejte, než se zřítí.

Potom pluk vytrhl na pochod a Roháček lehl popelem až do základů. Chci pomlčet o trampotách lesní cesty. Byl zběsilý mráz, ach bože, to se to kráčelo! Pivo se ovšem nemohl obejíti bez vozů, avšak jezděte lesním bezcestím! Hned je tu kopec, hned příkrý sjezd, sotva zavřete kolo a podsunete valovec, již stojíte opět pod vrchem. Nezbývalo než zrobiti pod nápravu sanice.

Navečer druhého dne došli královští vojáci na mýtinu a hejtman rozkázal rozbíti tábor. Nebylo pomyšlení na další cestu a nikdo nedoufal snésti jejích svízelů déle než krátkou hodinku. Nastala noc, noc loupežníků. Slidičský Kozlík měl všude oči, byl na číhané. Vojáci již ztratili devět svých druhů. Byli plni omrzlin a vší, které provázejí regimenty důsledněji než veselost a dobrá mysl. Pod vozovými plachtami, ba i pod saněmi, byla tlačenice. Usínající stráž zapadala po pás do sněhu. Běda! Na tu chvíli čekal nejzákeřnější z loupežníků. Jeho tlupa stála pohotově. I oni byli zkřehlí, oni rovněž jídali jen na půl huby, avšak lze srovnati zbojníky s pupkatým vojskem, jež si válí kýty po hrazených městech a vydírá ve jménu královském? Odepře jim někdo droby při porážce? Jen ať se krčmář opováží ukázati jim dveře, když nezaplatili svůj řád. Ti zlostní loupežníci oloupili pluk o všechno blaho a dočista jej zbavili ušlechtilé kratochvíle. A nejen to, a nejen to! Již se hrnou na olbřímích koních, meče napříč tváří, nože v tesácích. Jejich pěsti jsou kloubnaté, jejich pěsti jsou žilnaté, jejich pěsti jsou samá kost a síla. Divouští nosáči, ach divousové, jste strašní, ale daleko nejstrašnější je Mikoláš! Mikoláš, kterému krvavý příškvar pokrývá škrábance a jízvy. Již se rozjíždějí, již dopadli na ležení. Plátno se trhá, stany padají, je slyšeti řev a houkání, řev a naříkání. Kéž by svatý Jiří vnukl umírajícím spasitelnou modlitbu.

Zbytek noci uplynul vojsku v straších. Stáli ve čtverhranu, kopí na ramenou prvých řad, meče v pěstech, jež pootvíral mráz, meče v pěstech, přílbice na hlavách. Obtočili si jílce koudelí a čelo hadry. Báli se, praštění v korunách a lesní stíny je děsily.

Kozlík se však nevrátil a pospíchal raději obnovit zásoby. K ránu vyjela jeho smečka z lesa, a rovnou do vsi, rovnou na slepice a na krmníky. Již po pět dnů neviděli loupežníci ani kozičku, ani kohoutka, vzali tedy zavděk i hubeným zbožím. Sedláci se tahali za vousy, ale selky pištěly svolávajíce na zloděje boží trest. To věřím, bylo by nám hej, kdyby nebeské mocnosti bojovaly po boku těch, kdož jsou okrádáni. Ale nezlíbilo se jim to, hoví si po oblacích uprostřed modři a zlata, dočista nepozorni k tomu, co se děje v údolí. Kozlík vzal, co chtěl, vyptal se, kdo stojí při cestách, co je s Roháčkem a jak se mají v Obořišti.

„Což, chytli Lazara?"

„Urozený pane," odpověděl sedlák, „když se ti špinavci dali za vámi, pan Lazar se vrátil. Proč by zmrzal někde po lesích, když se hejtman křížkuje s vámi? Vy i Pivo mu naháníte strach, ale nikoli když jste pospolu."

Kozlík se smál, sedlákova řeč se mu líbila a vešel do jeho světnice. Na římsičce peci seděla hrdlička a hned zavolala „cukrů!" Ach, ptáku, ptáku, kdybys nevýskal, však jsme nevyzráli na toho halamu dočista, chybí nám telátko!

Kozlík zvedl nohy proti ohništi a bylo mu opět do řeči. „Vypálili jsme Obořiště v sobotu, nuže, jestliže víš, proč se mě Lazar bojí, pak panáček stál na druhý den před chrámem a naříkal." Sedlák mu přisvědčoval: „Ach, kdybyste ho, pane, viděl, měl plášť a ten byl samá díra, kde jej mohl vyštráchat? Takových nenosí ani krysaři. Chodil od saní k saním. Nevím, co pánům vypravoval, ale chtěl bych se vsadit, že jste uhodl. Bylo to dozajista o vás." Tihle sedláci! Chlapík má na jazyku, jak se daří panu Mikolášovi, kterého Lazar potloukl, ale pro jistotu se raději nezeptá. Čert Kozlíkovi věř, což kdyby ho to dopálilo. Tato pohana je v příliš živé paměti. Zajisté, Mikoláš nepřemýšlí o ničem jiném, než jak by se pomstil.

Když se chtěl Kozlík vrátiti do tábora, kde zanechali ženské a zbytek zboží, předstoupí sličný synáček Mikoláš a prosí, aby mu dovolil jíti za Lazarem. „Slyšel jsem," praví, „že je opět na Obořišti. Nakladl trámů na ohořelé zdi, pokryl je senem a plachtovím, spí opět ve své díře."

Kozlík chviličku rozvažoval, než přikývl a postoupil Mikolášovi deset ze svých jezdců. „Zakazuji ti," řekl na rozloučenou, „abys sváděl nebezpečné půtky a řež, dost na tom, když přivedeš starého Lazara."

Asi za hodinu, když se dostalo koním obroku a pití, vytrhl Mikoláš k Obořišti.

Lazarovi nechybělo ani opatrnosti, ani rozumu, avšak kdo by se nadál troufalosti tak neuvěřitelné? Starý lišák se cítil v bezpečí, jedl, uvažuje, jak velikou pokutu zaplatí asi králi za svá provinění, neboť i on loupil na silnici. Zde ho tlačil střevíc, avšak pokud jde o Kozlíka, věřil, že je v úzkých a že mu spadl hřebínek. Zdálo se mu, že královský hejtman vykoná nejlépe a nejspěšněji spravedlnost, zahubí-li nejprve v lesích Kozlíka a potom přijme od pána z Obořiště nádherného koně s postrojí krumplovanou zlatem. Byl hotov vyslechnout vlídnou domluvu a složiti slib, že se polepší. Věrolomník, chtěl se odpřísáhnouti silnic, a dvojnásob prahl po kořisti. Jak jinak! Kdo zaplatí toto pokání spojené s tak velikou újmou na majetku? Lazar počítal a hlava mu padala na rameno. Učinil zadost svému hladu poobědvav zajíčka a nyní klímá.

Ach, toho vyrušení! Hromotluk Mikoláš stojí před ohništěm a rozmetává ohořelá polena na všechny strany, hází jimi a jedna z ran Lazara zasáhne! Jak je zuřivý! Pohružuje svůj meč do břicha tu po jílec, tu, kam až zachází naraziv na páteř, rozrušuje kosti a otvírá útroby, stíná.

Ti, kdož zůstali naživu, jsou již spoutáni, Mikolášovi lidé je svazují vždy po dvou a zády k sobě.

Mikoláš si utírá meč a praví: „Náš pán mi dopřál, abych mohl splatiti svůj dluh, Lazare, jsme vyrovnáni. Avšak protože jsi tak snášenlivý a protože chceš býti mým věřitelem, dopřej mi jedné ze svých dcer. Dopřej mi té, kterou vidím nasazovati si klobouk." Řka to označí Mikoláš špičkou svého meče spanilou dívku. Je to Marketa, čtvrtá Lazarova dcera. Vidíte ji postoupiti o krok a třásti se hrůzou. Již ji odvlékají a nemůže dáti ani spánembohem svým sestřičkám. Po chvíli unášejí loupežníci Marketu k lesu svázanou v síť mezi dvěma hřebci. Lazar se potácí a hrozné dvojice pochodují na svých místech. Lazar se válí po zemi a s jeho lidmi je velmi zle. Až do soumraku trvala tato muka. Již vzcházela večernice, již bylo slyšeti dupot vracejícího se stáda, když spadla pouta z rukou dvou pacholků. Vzápětí byli všichni vysvobozeni. Není to pozdě? Nezemře Lazar od svých ran, ustanou paní v pláči?

Za tohoto truchlivého postavení nemohly nešťastnice než plakati. Nemohly leč vypraviti posla pro vozy a s nářkem odjeti do Boleslavě.

Mikoláš dojel ke Kozlíkovu táboru kolem půlnoci. V řeži s Lazarovými pozbyl jednoho ze svých vrahů a pyšné bláznovství jej mělo k lítosti nad touto ztrátou, nikoliv snad pro nesmrtelnou duši, která skanula rovnou do pekel, ale pro vojenskou škodu a pro smích loupežníků. Od chvíle, kdy vnikli do lesa, byla půda tak nerovná, že nemohli dva koně jíti vedle sebe, přiměli tedy Marketu, aby vsedla na hřebečka. Byla jim po vůli, činíc bez hlesu vše, co si přáli. Pokorná křesťanka nepřestane doufati v Boha. Ví, že není uniknutí z tohoto lesa, a všechnu naději skládá ve smrt. Snad se jí podaří nalézti pohozený nůž a vetknouti si jej do srdce, snad bude tento hrozný skutek na nebesích shovívavě posouzen.

Loupežníci se zatím zařídili v lese podomácku. Kolem tábora již byly záseky. Uprostřed mýtinky stály dvě chýše vystlané klestím, rovněž na stropě a kolem zdí byla čečina. Rozehřívající se sníh, kterým poházeli střechu, po kapičkách stékal na obludné spáče; byli syti a nepostrádají míru.

Kozlík se opřel o loket, aby vyslechl Mikolášovy zprávy. „Až se vrátíme na Roháček, požádám kněze, aby vysvětil hrob," pravil a politoval svého pacholka. Kateřina a Burjanova žena vyměnily několik slov s Marketou. Odpovídala jim zakoušejíc zbytek naděje. Nastojte, co ji však očekává! Přítelkyně od ní odešly pochechtávajíce se, je sama ve tmě a dotírá na ni mráz, je samotinká v táboře ukrutníků, v přesmutném lese mezi vlčí cháskou. Naposledy sebéře své síly, žehná se křížem, zvedne plachtu, která visí ve dveřním otvoru, a stanouc před chlapy praví:

„Nemám nic na svou obranu a jsem vám vydána, nemám na pomoc leč boží hrůzu. Můžete ze mne učiniti kuběnu svých pacholků či mě zabíti, můžete naložiti s mým tělem podle libosti, má duše bude však znovu krváceti před Bohem. Má hříšná duše bude jísti prach Jeho nádvoří jako všechny duše, které zemřely z křivdy a neočištěny, má hříšná duše bude míti na krku pásek jako hrdlička, má hříšná duše bude obletovati vaše hlavy, má duše způsobí, že se Vševidoucí oko pootevře, abyste trnouce v nesmírných straších se obraceli v zříceném hrobě a bez přestání mřeli."

Ach, kdyby noc byla méně utěšená, kdyby Marketa byla škaredá, jako bývají věštkyně, kdyby nebylo právě po vítězství, kdyby dívenka nespustila zničehonic, snad by se loupežníci aspoň pokřižovali. Teď si toho sotva všímají a Kozlík odpovídá ani nepovstav:

„Bůh vede obezřetně moji ruku. Propůjčil šlechticům meč, aby sváděli bitvy. Žádá si statečnosti na svých baronech, jsou povinni dbáti jeho pořádku a nesnesou pohany. Je to jeho vůle, abys byla tím, čím tě učiníme."

Nikdo se jí neujímá, nikdo ji nepolituje, nedbají o ni a je jim zcela lhostejné, co řekne. Marketa tedy umlká a sama sobě se zaváže přísahou, že nepromluví, děj se co děj.

Neuplyne ani hodina a loupežníci usínají, táborem procházejí stráže a z koňského stanu je slyšeti frkání. Tu přichází Mikoláš, přetne dívčino pouto a objímá ji. Jeho ruce jsou palčivé, pod jeho polibky tryská krev, dech pekelníkův žne a mámí jako

24

pára.

Černidla noci, skryjte toto lože a ty, nepaměti, rozptyl tuto hodinu do povětří! Pomněte, pánové, že Marketa chtěla kdysi býti nevěstou Kristovou, litujte ji, kdo máte trochu něžnější srdce.

Vstává, aby byla vždy znovu sražena, brání se v závrati, jež cloumá vrcholkem sosen a oblohou. Je jí obzírati hvězdy tikající jako kyvadla. Pláče. Vysloužila si smrt a pláče. Když svítalo, přiběhl Janův levoboček, který strávil noc nablízku královského vojska, se zprávou, že se Pivo hýbe na cestu. Jakmile to Kozlík uslyšel, svolal ty ze svých synů, na jejichž rozum bylo spolehnutí, a uvnitř stanu se vespolek radili. Nechtělo se jim opustiti toto místo. Kozlík se ptal, co asi ten kupec zamýšlí. Odpověď na tuto otázku byla zajisté nesnadná a darebové musili doznat, že jsou v koncích. Snad myslí na útok, snad chce loupežníky obejít po cestách ze severu? Kdož ví, kdož se v něm vyzná?

Sezení se protahovalo, na Kozlíkových skráních vystupovaly žilní keříky a opovídal se vztek, jenž znenadání propukne.

Zatím venku pacholci a dítky podpalovali hraničku, aby se rozehřál sníh a bylo čím napojiti koně. Marketa všechna uplakaná stála opodál. Ach, jak jí bylo smutno. Činila si tisíceré výčitky. Proč? Cožpak se mohla ubrániti? Díky Bohu za to, že je naživu.

Nikoli, není tak obmyslná, aby se přelstívala. V propastech, do nichž jí bylo sestoupiti, zhlédla jakýsi přísvit rozkoše, bludičku, která ji zavádí, vydechnutí, za něž se kaje.

V tuto ranní chvíli nikdo si nevšímal zajatců a stalo se, že se mohli sejíti opodál ohně. Kristiánovo srdce přetékalo útrpností, poklonil se jí a řekl, že je hotov učiniti všechno, aby mohla vyjíti z truchlivého stanu. Marketa však neodpověděla ani slovíčko.

Němec zavolá pomocníka, který mu od dob společného neštěstí přeje všechno dobré, a pro lásku boží naléhá, aby věrně přetlumočil to, co si přeje.

Víte, že Marketu vázal slib, aby nepromluvila, ale prohřeší se, otevře ústa a praví:

„Děkuji ti. Chtěla bych podstoupiti všechny nesnáze útěku, ale jak věc provésti? Bůh mi nevnuká žádnou myšlenku. Řekni mi, kdyby se ti vedlo lépe. Ohlížej se po noži a dej mi znamení, kde bych jej nalezla."

Za této řeči vyvstal Kristiánovi na tváři ruměnec, tak usilovně přál chudince štěstí, do té míry byl zmaten její příhodou, neboť jako stráže a jako ti, kdo v noci vyšli před stan, věděl i on o sněhovém loži. Kdyby však byla Marketa méně zoufalá, neztajila by pousmání nad touto pomocí. Vždyť byl Kristián tak útlý jako ona sama. Jak by chtěl státi proti Mikolášovi, jehož srdce je bez bázně? Ubohá Marketa, nesdílela již trošíčku divokost loupežníkovu? Alexandra, pozorná na svého zajatce, obrátila se od kopy dětí a nemohla neviděti, že spolu ti tři rozmlouvají. Přistoupila k nim, avšak právě v tu chvíli se rozlétla plachta a Kozlíkovi synové vybíhali ze stanu. Jejich tváře jsou zkřiveny vztekem, Kozlíkův hněv však všechny překonává. Všechny podmaňuje. Zastaví se ve svém běhu až před zajatci a spouští, jako by zapomněl, co mu včera Mikoláš tak poslušně říkal:

„Odkud se vzala ta děvka? Obujte jí škorně s hřebíky, ať si v nich běží za svým vojskem! Chtěl jsem, abys přivedl Lazara, proč jsi to nevykonal?"

Mikoláš odpovídá, že starý Lazar div na místě nezemřel. Odpovídá, ale nemůže neposlechnouti. Pacholci strhli slečniny střevíce a již připravují tři destičky, probíjejíce je hřeby. Marketa stojí ve sněhu bosa, již shledávají provaz, a tu se zajíkavě a polohlasem ozve německý zbrojnoš. Kozlík se směje, ale poslouchá.

„Urozený pan Kristián žádá, abys slečnu propustil, a chce ti za to dáti tolik peněz, oč požádáš."

Loupežník neodpověděl a dva pacholci se hotovili přiložiti hrotnatou dlahu na holeň slečninu. Nezbývá než okamžik. Kristián lomí rukama a s ošklivostí se odvrací, chce odejíti, chce prchnouti, jakkoli neví, co si v lesích počne. Tak jak byl prostovlasý, rozběhne se směrem k houštině. Jak je útlý, jak je bláhový! Kozlík pokynul a jeden z chasníků jej srazí k zemi.

„K dílu! Konejte, co jsem rozkázal! K dílu, k dílu!" křičí na dareby. Avšak před Marketou stojí Mikoláš; zvedne mučidla a zahazuje je daleko mezi smrčiny. Je hotov brániti milenku.

To byla nevídaná věc! Postaviti se proti svému pánu, proti

vrchnosti, nad níž nebyl ustanoven ani král, ani biskup! Odporovati otci! Ostatní synáčkové se k němu sběhnou se zbraněmi. Zasluhuje smrt, zasluhuje, aby jeho hlava byla naražena na hrot sudlice!

Ale tu přichází Alexandra a z hrozných křiků je slyšeti její hlas, jenž opakuje: „Láska! Láska! Láska!" Vážení pánové, Kozlík netrval na utracení svého syna, odpustil mu, neboť časy byly příliš neklidné. Spokojil se jen maličkým naučením. Ztrestal Mikoláše a Alexandru posměchem ostatních dítek a posměchem svých halamů. Spoutal v souvislý řetěz oba Němce, Marketu, Mikoláše a Alexandru. Spoutal je a nedovolil, aby se vzdálili z tábora. Sám však nasedl na kůň a vyjel v čele svých darebů.

Janův levoboček, který se jmenoval Simon, podkoní a jeden ze sluhů doslova utržených ze šibenice bděli nad ženami a střežili opuštěný tábor.

Loupežníci chtěli napadnouti pluk při pochodu a chtěli jej znepokojovati tak, aby se ani nezastavil, ani nedošel k jejich stanovišti.

Kdoví kdy se Kozlík vrátí, kdoví nebudou-li všichni pobiti v zásecích, neboť Pivo není jen ledakdo a dovede si poraditi. To by v tom byl ďas, aby dvě stě vojáků nezatočilo s Kozlíkovou bandou! To se podíváme, kdo se bude naposledy smáti!

Král je přece jenom král! Jde-li po vsích ve jménu královském pět biřiců, tu se jim každý směje. Někteří z nich jsou sušší než věchýtek a jiní jsou vypaseni, jako bývají nájemci daní. Podobní žráči jsou k smíchu, avšak jakmile pronesou svoje zaklinadlo, schlípnete uši a jdete svou cestou.

Ve jménu krále! Panečku, to zvolání působí jako zvon, který vám strhuje při večerním ave klobouk z hlavy.

To je ovšem pravda, Pivovi vojáci se podobají více maškarám než hrdinům, ale jejich praporec má barvy, které zastrašují i loupežníky. Kozlík může chviličku vzdorovati, aby mu věc nebyla tak trpká, avšak vésti válku? Dříve než se nadá, vzkřiknou mu do uší královo jméno. Je nasnadě, že přijde k rozumu a že mu vypadne loupežnický nůž z pěsti.

Někdy se přihází, že vojenská chasa, která je vzdálena svých žranic, osvědčuje na obrátku statečnost, již vdmychuje nouze. Stíná potom jako kat a není k zadržení. Hejtmanovo vojsko mělo ještě před několika dny řemení v tříslech a meč mezi stehny; jedny řemeny v tříslech a druhé nad žaludkem. Chlapi nedopínali kabát a v klínku mezi šosy jim vykukovalo bříško šedavé jako bříško vrabečků. To byly časy! Ale nyní jim je zle a zle. Budou stateční? Jejich hněv a žádostivost hověziny slouží záměrům krále více než hejtmanovo povzbuzování. Kozlík je blízko, nuže, to bude pěkná bitva, neboť i loupežníci jsou odhodláni podejmouti se zápasu. Dají se do sebe se stejnou vlohou.

Avšak zanechme jich, nechť si nastavují nos proti větru, nechť jim severák ohýbá ušní boltec a rozplameňuje krev. Nechť vrhá jedny na kopí druhých, nechť si rozparují břicha, z nichž valem uniká potrhaná útroba. Zájem sličných paní se zajisté odnáší k líbezným příhodám milenců. K Alexandře a Kristiánovi, k nešťastné Marketě, a kdoví nemají-li drobet shovívavosti s tím proklatcem Mikolášem.

Nemohu zatajiti, že se ho rovněž dotkla láska. Ach, ten nešťastník! Kdyby se byl otci nezprotivil, mohl nyní seděti na koni, mohl nazítří uloupiti krásnější dívku, než je Lazarova slečna. Nikdo by mu nepřekážel a splnila by se mu všechna přání. Nyní stojí rozkročen, hlavu má málem na prsou a přivírá oči před tímto neštěstím. Je potemnělý, jako bývají hrozby, za ním se třpytí sněhová pláň, vůkol je krásný den a schyluje se k bitvě, ale Mikoláš je spoután a může jíti sotva krok co krok. Proboha! Vyčetl, že při neústupnosti Kozlíkově a při neústupnosti vlastní může zahynouti na tomto řetězu lásky. Styděl se za kolísající řadu, v níž dva Němci klinkají hlavami, nemohl snésti tlamatého obličeje zbrojnošova a byl by jej s chutí zabil. Mikoláš byl připoután k své sestře Alexandře, vedle ní stála Marketa a opět vedle ní Němci v takovém pořádku, že zbrojnoš stál na nejzazší pravici.

Bylo usouzeno, že dva a dva z této pětice se budou milovati, ale vizte je, jak jsou nedůvěřiví, jaké uhrančivé pohledy na sebe metají. Ach, příznaky lásky, kdo má tolik jemnosti, aby rozeznal ruměnec hněvu od milostného uzardění! Vidím jen krev ve tváři, jen krev, ale, přisámbohu, to není nic nepatrného!

Ze všech těchto nešťastníků byl zajisté nejušlechtilejší Kristián. Zdálo se mu, že se Marketě přihodilo bezpráví a křivda, o svých příhodách smýšlel jinak.

„Sdílíme s ní nepřízeň osudu tak, jak nás k tomu zavazuje zdvořilost," řekl své duši, „sdílíme s ní nepřízeň osudu a Bůh nás za to někdy pochválí. Tito kobylkáři nejsou tak zpustlí, jak by se zdálo, hle, dva z nich, dcera a syn, kteří si zvolili ústrk a půst, jen aby mohli přispěti své přítelkyni."

Kristián se chtěl s ostatními sděliti o tyto myšlenky a přiměl konečně sluhu, aby je přeložil do českého jazyka. Kdo mu však měl odpověděti, Mikoláš? Nikdy mu nepřišlo na mysl, aby užíval jazyka jinak než k rozkazům. Mlčel, jen ať si Kristián žvastá.

Kdysi se říkalo, že se hněv podobá ptáku káněti, jež si zraňuje zobanem hruď. Okrouhlé oko mu vystupuje a jeho žlutý terček proniká krvavé žilkoví, na krku mu vstalo peří, ale potvora sklání vždy znovu zoban plný krve. Je puzen vášní, jež provede svou, byť by mu stálo v cestě vlastní srdce.

Mikoláš nebyl o nic menší zuřivec, nemohl Marketě říci jediného slova. Mlčeli přecházejíce pláň od severu k jihu, a když došli před loupežnickou skrýš, oslovila je paní Kateřina:

„Dobře se vám stalo, vy spratkové, proč jste Kozlíka rozhněvali, proč jste byli neposlušní! Dnes či zítra bude hejtman poražen a vrátíme se na Roháček. Bojím se však, že půjdeme bez vás. Budete hladověti, jak se sluší na nezdary, avšak doposud mi nikdo nerozkázal, abych vám nedala jísti. Máme něco mléka a masa, vezměte, ale hajdy, hajdy od stavení, ať si nestržím výtku, že chci něco jiného než Kozlík. Ach, vy hrdopýškové, Bohu a nám se líbí, abyste pykali za svá provinění. Jděte, kliďte se k ohni."

Na to vyzvání se průvod otáčí do středu mýtiny, levoboček přihodí několik polen do ohně a podá Mikolášovi nádobu s mlékem. Je třeba, aby mu ji přidržel před ústy, avšak zbojník odvrací hlavu. Nikdo nepije a nikdo nejí leč Kristián a zbrojnoš Reiner.

Toho pohoršení! Mikoláš škube za své pouto, aby jim vyrazil nádobu od žravých úst. A podaří se mu to! Již má levici volnou, již hrdlí nešťastníka a již všechny odvléká do nejzazšího kouta tábora. Tam se Reiner uložil na sníh a Kristián k němu přiklekl.

Pokud setrvávali v této poloze, nebylo vyhnutí, než aby se obě dívky schýlily, jedna tak učinila o dílec a druhá o dva dílce.

Mikoláš však hledí do lesa a praví:

„Ten, kdo nás přivázal, má právo trestati po libosti, sdílíme teď s vámi nepohodlí vazby, ale kdo je ten bloud, který doufá dojíti Kozlíkova odpuštění zároveň s jeho synem a dcerou? Kdo jste vy, chamradi tak živá na mísu?"

„Pane," odpověděl Reiner, „Kristián, jehož jste se neprávem a na vlastní škodu zmocnili, je říšský hrabě. Řekl jsem o tom vašemu otci, avšak nic nedbá a ničeho si nevšímá. Jedná bez rozumu, neboť sám císař se bude ptáti po tomto zajatci. Váš král se rozhněvá a přikáže, aby srazili hlavu všem, kdo činili Kristiánovi příkoří."

„Ať se děje co se děje, Kozlík se nebojí," řekl Mikoláš. „A pokud jde o trest na hrdle? Bůh mu udělil takovou pevnost, že se směje rozsudkům. Kozlíka bude nesnadno přivésti ke katovu špalku. Avšak kdo ochrání tebe? Nestíhal jsi Kristiána dříve, než jej Jan přivedl na Roháček?"

„Nejsem leč biskupův sluha a činím nyní, seč jsem, abych ho ochránil," odpověděl Reiner a jal se vypravovati Kristiánův příběh.

Slyšte tlachavého vypravěče, který rozděluje vratkou pozornost mezi řeč a strázeň.

„V německém městě Henavě sídlí biskup, jemuž se zlíbilo založiti na vršíčcích zvaných Vršky ostrovní klášter. Podjal se prvých prací a prosil pány, aby zároveň s ním sloužili tomuto záměru. Hrabě Kristián, otec tohoto urozeného vězně, byl horlivější než ostatní a zaručil klášteru důchod. Byl hotov zříditi oltář chrámový a vedle toho se zavázal, že do všech oken a podél všech schodišť zasadí kované mříže. Zajisté by byl dostál svému slovu, avšak převorové a převorky starých klášterů přišli k biskupovi s nářkem, že jejich řeholníci nemají co dáti do úst a že je biskup dočista ožebračí, setrvá-li při svém úmyslu. Stavěli mu před oči sváry a žehravost mnichů tam, kde horlivost zakladatelů byla větší než horlivost dárců.

Ke klášteru přísluší zboží a zvonice, jinak se věc mine cílem a ještě je div, nepřivodí-li se pohoršení.

Můj biskup uvažoval, a nakonec dal opatům za pravdu. Rozhodl se, že přenese svůj úmysl do vzdálenější krajiny, a odložil jej. Asi dvanáct mil na jih od biskupského sídla leží utěšená krajina, kterou protéká potok. Na hony cesty není vůkol kláštera. V údolích a na mírných svazích leží bohaté statky a městečka slynoucí řemesly. Můj pán byl rozhodnut vystavěti klášter v těchto končinách, ale doposud nepospíchal. Založil sad a dvorská stavení. Nyní bylo na hraběti Kristiánovi, aby splnil, k čemu se uvázal. Ale neměl se k tomu ani zdaleka! Sliboval jsem obdarovati klášter, nikoliv biskupa, vzkazoval mému pánovi, co mi sejde po prasečincích a po chlévech, které si staví? Nedám mu nic a nic! Opakoval toto slovo tak často, že se biskup rozlítil a počal mu škoditi. Nazval jej křivopřísežníkem a ze všech sil hraběte nutil, aby podle závazku složil peníze. Čeleď biskupská a čeleď hraběcí sváděly šrůtky a nejeden chlap si stržil pěknou ránu. Konečně se mému pánu doneslo, že se mladý hrabě vrací ze Švábska. Zvěděl, kdy dojede do Prahy a kdy se opět vydá dále. To byla vhodná příležitost, aby získal rukojmí pro svůj dluh. Rozkázal, abychom stáli při silnici a polapili Kristiána, dříve než překročí říšskou hranici.

Jsem jist, že by mu biskup nezkřivil vlasu, kdyby se to bylo stalo. Žel, poslechl jsem svého pána, vyjel jsem z domu v spravedlivé věci kláštera, a hle, jsem zajat a zraněn. Tato zkouška je těžší, než si zasluhuji."

Vzácní pánové, za této řeči uplynulo daleko více času než pouhá hodina. V pomlkách sál biskupův zbrojnoš na své ruce a vzdychal a stenal. Nescházelo mnoho, aby se dal do vyhrožování. Mikoláš nebyl zvědavý na osudy takového chudinky, takového broučka, jenž ať dělá co dělá, neplechu nebo dobré skutky, vždycky je bez viny a bez zásluhy. Mohl umlčeti, avšak slečna Alexandra si přála, aby mluvil.

Již se smrákalo, vězňové byli trápeni potřebou, jež doléhá na naši přirozenost. Co činiti? Mikoláš se nezdráhal, avšak Lazarová a Kristián zakoušeli muku, o níž jen stěží můžeme uvěřiti, že má tak nepatrnou příčinu.

Nastal soumrak, noc a opět ráno.

Před polednem se vrátil Kozlík z výpravy. Spěchal, neboť jeho lidé a jeho zvířata potřebovali odpočinku. Dříve však než sám

31

sesedl, vyptal se Simona, jak prošla noc a je-li okolí tábora bezpečno. Potom se rozpomenul na své zajatce.

Hle, Mikoláš má volnou levici a nic mu není snazšího, než aby přerval pouto a byl svoboden.

Kozlík se smiřuje, neboť kdo by nebyl polichocen takovou poslušností? Přetíná provaz a nechává spadnouti řetězy.

„Jdi, ujmi se své práce," praví synáčkovi, „to bylo na pamětnou, aby ses mě bál. Jdi, avšak co učiníme s Marketou Lazarovou a s Němci?"

„Nedbej jich, či je utrať, či je pusť na svobodu, avšak za Marketu prosím co nejsnažněji. Dej mi ji!"

Kozlík přisvědčuje, Kozlík souhlasí. Je mu lhostejné, co se se slečnou stane, avšak Kristiána ani Reinera nepropustí. Mohli by prozraditi jeho skrýši.

Alexandra poodchází, a tu je líbezno viděti, jak se stydí, jak se po očku dívá za Kristiánem a jak mu kyne, aby ji následoval. Trest je přetrpěn, kdo má odvahu, aby se hněval déle než Kozlík? Alexandra je nejsličnější z dívek a přísluší jí mnohá výhoda. Vešla do stanu a přináší kouřící mísu.

Když ji podávala Kristiánovi, dotkla se jeho ruky. Německý hrabě jí s povděkem a Alexandra je šťastna. Rád by jí něco řekl, odstrkuje svůj oběd, miska padá a rozbíjí se na dva kusy.

Shýbají se a jejich hlavy se dotknou.

Och, té řežavosti, jež je v letmých dotecích milenců! Dukát za jediné slovo! Žel, Kristián neumí než opakovati Alexandřino jméno, a říká je tak, až mu vytrysknou slzy. Políbili se.

Kristián je opět sám a diví se a vzpomíná si, jak je jeho přítelkyně krásná. Krásná a statečná. Po celou dobu jejich věznění nezavzdychla, stála podpírajíc Marketu a sotva zavadila očima o rytíře, avšak ten pohled padá jako síť. Je ztracen, je přitahován k této divošce. Ach, proč si raději nezamiloval Marketu Lazarovu! Je mírná, je plačící a podobá se šlechtičnám, jež pobývají při dvorech.

Stalo se, že mu Bůh určil tuto tmavovlásku.

„Reinere, můj Reinere," praví přešťastný vězeň, „jakými příhodami jsme navštíveni! Přál bych si, aby se vrátila noc, za níž jsme byli uvázáni týmž řetězem, přál bych si, aby se neskončilo toto zajetí."

„Pane," odpověděl zbrojnoš, „Bůh ví, že s vámi smýšlím lépe
než vaše vlastní srdce. Zanechte té čarodějky, nevidím při vás
žádné štěstí. Jdětež! Štěstí u skotáků a loupežníků! Má-li litice o
něco delší vlas, než se vyskytuje v Němcích, je to jen proto, aby
lépe skryla svůj hmyz. Je přiboudlá jako kovář a silná jako
kovář. Vemte si naučení z mého neštěstí. Vizte, přišel jsem o
ruku, a vy ztrácíte hlavu o své vůli. Každé náhlé vzplanutí je
bláhové, ale toto dvojnásob. Uvažoval jste, co by řekl hrabě vaší
volbě a co by jí řekla paní hraběnka?"
Ale Kristián chvalořečil dál své přítelkyni, a místo aby
odpovídal, mluvil jen o tom, jak je krásná. Prosím vás, bylo mu
devatenáct let.
Nyní mi jde o to, abych uvedl omluvu pro Mikoláše, avšak
nenalézám nic leč jeho divokost. Bylo to pošetilé, očekávati, že
se z loupežníka stane naráz beránek. Nikoliv, láska jej
rozplameňovala k novým násilnostem. Tento cit je planým
důvodem k hříchu. Mikoláš jej měl přijímati s pokorou, měl
děkovati Bohu za to, že mu dopřává, aby cítil tak výrazně svoji
duši. Láska je lék od násilí a klíček k tajemství světa, který náš
Pán udílí jen těm, v nichž se mu zalíbilo. Snad se někdy usmál
na Mikoláše, vida jeho vojenský mrav. Kdysi spal náš chlapík v
poli, maje ruce složeny na luku sedla. Zdál se mu líbezný sen a
věru není nemožno, že se mu za jeho ryzost nyní dostává tak
velikého štěstí. Ach, obdarovati hříšníka! Cítí se přeblažen,
únava noci z něho padá. Nelení a nemá pokoje, dokud se
neshledá s Marketou Lazarovou. Nešťastná slečna opět pláče.
Obejme ji, a noc třetí plyne jako noc prvá.

Hlava třetí

Biskupovi sluhové se hnali kamsi až do horoucích pekel. Ptali
se sedláků a ptali se kupců, avšak nikdo neviděl jezdce, který by
se podobal Kristiánovi. Jezdci počali váhat a zvolnili svůj běh.
Podobalo se, že hrabě sešel z cesty a že ho nedostihnou.
„Co učiníme?" ptal se ten, který je vedl, „naše kořist je za
horami a Reiner je někde v prachu. Snad se ten ničema zaběhl,
či nás snad zradil? Ať je tomu jakkoliv, cítím, že nám jde o kůži.
Po vesnicích se mluví o královském vojsku, panečku, to má na
loupežníky spadeno! Nechtěl bych se s ním setkat, neboť,

koneckonců, copak jsme něco jiného než lapkové? U všech všudy! Viděl jsem po českých městech mnoho šibenic a nechci nic míti s jejich spravedlností! Lépe je býti vypráskán od biskupa než popraven od krále. Neřekl bych nic, kdyby se naše služba skončila ve třech dnech, ale štráchati se týden v cizí zemi? Poptávati se a buditi pozornost? Není to totéž, jako bychom prosili o oprátku? Vraťme se, pro lásku boží, k biskupovi a řekněme mu, že nás honili královští sem a tam a že jsme sotva vyvázli životem."

Kdežpak věrnost u takových budižkničemu! Chlapi se vraceli, co noha nohu mine, zato před Henavou dali koním ostruhy a hnali je, až byli říční a až z nich stříkala pěna.

Když přišli a když je biskup vyslechl, bylo zle. Rozhněvaný pán si chviličku třel čelo a potom poručil, aby mu osedlali koně. Jel k hraběti Kristiánovi. Zastihl jej, an sedí blízko ohně a rozmlouvá se svým myslivcem. Biskup si všiml, že kožišina na hraběcím kabátci líná, až je všude samý chlup. Myslivec měl kalhoty nadranc. Tu biskupa napadlo, že má třeba Kristián lepší důvod k šetrnosti, než je pouhá umíněnost. Toto pozorování propůjčilo mu sebedůvěru a počal málem zvysoka.

„Moji lidé se vrátili z Čech, pane hrabě, a tu mi přinesli zprávu o vašem synovi. Víte, jak si cením přátelství, víte, jak jsem byl sklíčen, že vaše vlídnost ke mně doznala změn, bojím se tedy dvojnásob, abych nepřišel nevhod. Posuzujte, prosím, vážnost zprávy podle bázně, kterou neodkládám. Váš syn byl zadržen v Čechách!"

Řka to, jal se licoměrný biskup vypravovati příhodu skoro tak, jak se udála. Jeho předvídavost byla znamenitá. Bál se, že mladý hrabě upadl mezi zlé lidi.

Ach, biskupe, biskupe! Obrátil jsi svůj úklad, jako by ti nešlo než o spravedlivou péči. Budeš se odpovídati o soudném dni a Pastýř ti přisolí drahná léta v očistci za to, že jsi se zalíbením patřil na otce, jenž siná strachem.

Sotva se skončila rozmluva a sotva hrabě biskupovi poděkoval, již se roznesla neblahá novina.

Kristiánův hrad se nazýval Freiheit. V tomto Freiheitu, či jak by se česky řeklo, v této Svobodě, bylo rázem všechno na nohou. Sluhové vyváděli koně z koníren a snímali z hřebů sedla, služtičky naříkaly, Kristiánovi bratři se měli k činu a narychlo si vyměňovali za čapkou péro. Všude bylo naspěch a všude se pospíchalo. Podkoní křičel ve stáji na pacholky: Pospěš si, dělej a hni se, ty loudo! Za chviličku bylo všechno naruby až po kuchtíka.

Téhož dne vydal se hrabě Kristián na cestu do Čech. Měl zamířeno ku Praze, a protože spěchal, seč stačily síly jeho zvířatům, dojel tam čtvrtého dne. Nyní nastalo poptávání a věc došla králova sluchu. Král! Králův hlas je jako hlas polnice a hýbe srdcem. Nedej Bůh, aby se rozhněval! Káže, a hned je vyhotoven list. Jeden z písařů jej odevzdá nádhernému zbrojnoši. Zatím Kristián čeká před řadami rytířů. Hle, zlato kotrkálů a zlaté nitky v čabrakách. Na převysokých kopích, na kopích, která se hodí k lovu na orla, se třpytí praporce. Na brni a na mečích se blýská slunce. Mráz a slunce. Kristián přijal list a odchází s pochýlenou hlavou. Ach, střez se, Kozlíku, král chce, aby ten, kdo svévolně zadržel mladého hraběte, byl potrestán. Vojenské pluky před Boleslaví mají býti Kristiánovi ku pomoci.

Stalo se, že na druhý den hrabě dorazil na známá místa. Pivo zatím stáhl své vojsko ze Šerpinského hvozdu. Čekal na oddíl jízdy, aby skončil honičku bez hanby. Nebylo nesnadno jej vyhledati. Poslouchal však jenom na půl ucha a nebylo mu do řeči. Tvář mu odula mrazem, byl mrzut, díval se na krk svého koně a krčil rameny.

„Nevím, neslyšel jsem nic o německém hraběti," řekl v odpověď na Kristiánovy otázky. „Vezl zboží? Nikoliv? Nuže, proč se domníváte, že byl přepaden loupežníky? Ti chlapi nemají sporů s Němci a nejde jim leč o peníze. Jsou to šlechtici, ale kradou."

Hrabě si již nevěděl rady. Co má počít? Kam se obrátit? Sesedl a procházel vojenským táborem, čekaje snad na vnuknutí, jež by ho osvítilo. Svěřil se Bohu a tato důvěra byla více než rozumná. Chodil zachmuřen sem a tam, a tu, co se tak dívá, spatří na hřbetě jednoho Pivova chudinky plášť, který jej vábí. Plášť praznámé barvy, plášť se stříbrnou nitkou, která se v poskocích ztrácí a objevuje. Plášť svého syna!

Nastalo vyptávání a vyšlo najevo, že jej vojáček zvedl na nádvoří Roháčku.

Kristián se zaradoval a nechtěl leč setrvati u Pivova pluku. Měl pevnou naději, že se dostanou loupežníkům na kůži a potom že se shledá se svým synáčkem. Pivo neříkal nic, nic a nic.

Ten výtečný hejtman byl jako lítý na erb a nic ho tak nedopalovalo, jako když se hrabě motal mezi vojáky a tahal je za opasek ze samé radosti, že je na dobré stopě. Namouduši, abyste pohledali šlechtice! Věru, že jím není leč ten, koho povyšuje vlastní zásluha a hodnost. Hleďte na hejtmana, jak je důstojný a jak by mu slušela medvědí kůže! To je právě znak, o který, až se udá čas, požádá krále. Konečně přitrhli do tábora očekávaní jezdci. Bylo to dvacet koní a dvacet holobrádků, kteří mnoho nevydají. Pivo byl mrzut. Ať se na ně dívá, kdo chce, hejtman šel spat.

Na druhý den zrána vniklo vojsko do lesů. Pivo postupoval zvolna. Zřídili tři stanoviště a jízda se vracela z místa na místo, zajišťujíc pochod pěchoty a přenášení břemen. Nemohli přece jíti jen tak s holýma rukama. Nemohli se znovu vystaviti divouské zimě a hladu.

Žel, tato opatrnost snad nasytí loupežníky. Hle, vlekou se podle vojska jako stíny. Někdo přichází velmi blízko a slídí. Je to opět Mikoláš. Mikoláš se zjasněnou tváří, Mikoláš, na něhož čeká milenka. Jakže, milenka? Toť složitá věc. Marketa je doposud smutná, doposud pláče. Nechť si pláče! Rozeznávám štěstí v jejím vzlykotu. Chudinečka, čeho želí? Jaká naděje ji minula? Chtěla vstoupiti do kláštera.

Někdy nás milost boží spaluje. Dopřála Marketě lásky, díky za horoucí křídla, díky za proud dechu, v němž se zachvívá její duše. Díky a žel! Její láska má ozubí pekelníkovo, má ve sličné hubě psí tesák! Vidím pootvírati se propast a strašný dráp drásá její okraj. Slyším hvizd, který zaléhá uši. Nešťastnice, za tvými zády skučí ďábel. Neblahá nevěsta tajila dech, byla polomrtvá a strach roztřásal její milostné rozkoše. Láska a zoufání se strašily v její duši, strašily se jako dvě děti v temném sklepení.

Vzácní pánové, dohadujete se již, jaké byly Marketiny noci? Hnusí se sama sobě, hnusí si své tělo, své hříšné tělo, své ruce a nohy, své nohy, svá stehna, jimiž objímá pekelného milence. Obviňuje svou duši, že je malátná, obviňuje duši, že zapadá do rozkoše jako slunce do moře.

Slyšte posléze něco málo o její povaze a posuďte věc po svém. Žila v Obořišti u svého otce Lazara, který měl mysl nestálou a vratkou. Špatní příkladové působí příliš mocně. Stalo se, když měla Marketa přijíti na svět, že stál její otec poprvé v záloze při ohbí cesty. Ďas ví, koho tenkráte obral, zmocnil se několika grošíků, platily méně, než je cena ovce. Ale rub jednoho penízu byl vyhlazen a místo obrazu králova byla do stříbra vyryta dvě slova: Boží strach.

Lidé bývají nakloněni vztahovati věci divné a nevídané v souvislost s domácími událostmi. Lazar se bál, že jej toto znamení vyzývá k účastenství na bědném údělu. Byl obtěžkán hříchem, a když se mu narodila dcera, zaslíbil ji Bohu.

Stalo se, že byla Marketa plavá a krásná. Lazar ji střežil jako oko v hlavě. Bratři s ní mluvili přívětivě a pomlčeli o všem, co by dívenku mohlo pohoršiti. Dítě myslilo na klášter. Pahorky kolem Obořiště jsou pruhovány lesíky, hle, nádherný háj, který stoupá, který se vine podle cesty, podle cesty starých procházek. Marketa byla svobodna od všech prací. Učila se čísti. Nevíme, že by tehdy plakala. Byla přešťastná. Osmahla a častý půst úžil její tváře. Chodila, jako chodí líbezní ptáci, a kdybyste ji viděli, řekli byste, že kráčí snadninko. Nablízku chamtivého starce, který byl spíše bázlivec a lišák než přepadavač, nablízku sprostých zlodějen zůstávalo její okouzlení bez mráčků.

Zůstavovala všechny daleko za sebou, dospívala bez příhod, a jestliže se přece událo, aby to či ono vykonala, počínala si tak, že každý viděl, jak zhola nic se nepodobá otci a svým bratřím. Byla zbožná a pokorného srdce.

Dle božího úradku se stalo, že jí jednoho dne bylo prozříti. Tu viděla bídné řemeslo otcovo.

Tehdy ji jala hořká lítost. Dala se do pláče a nebyla k utišení.

Tento den a toto poznání ji poznamenalo. Ach, hoře bylo silnější než býk. Nemohla se zříci svého otce, nemohla zrušiti svazek, jenž přetrvá všechnu zlost, všechna zřeknutí se a všechny zločiny. Byla Lazarova. Tlumila svoji krev, nic naplat, její příboj zasahoval jí hned srdce, hned tvář. Modlívala se, a Bůh ji naučil zbožnosti, která nekráčí po výsluní, ale hledá místečko v úkrytu. Buď požehnán, Bože, na věky věkův, že vnukáš naději ještě na sklonku neštěstí. Ty rozbíjíš duše jako hrnčíř a opět je hněteš. Neznám Tvých záměrů, ale Tvá láska láme Tvou spravedlnost. Zatřeseš Obořištěm. Způsobíš, aby se můj otec a moji bratříčkové obrátili. Propůjčíš nehodné děvečce milost, aby byla živa a zemřela tak, jak se Ti líbí. Dopřej tedy síly, abych, sama nevinná, nesla část viny. Šíje hříchu je mocnější než šíje zvířecí, dopřej mi vytrvalosti, abych jí uhýbala, dopřej mi ušlechtilé smrti, jež by vážila jako jediná slza hříšníkova, jako jediná slzička lítosti. Nešťastná Marketa! Není tato modlitba rouhavá? Rozeznáváte, jak se prosebnice vynáší? Nešťastné dítě, samo si přivodí pád. Nuže, Marketa byla taková, jak řečeno, zbožná a prohřešující se i při modlitbě. Byla taková a nebyla o nic lepší, neboť, jak se zpívá ve starých koledách, jsou lidské slabosti mocné.

V onen památný den, když se hrabě Kristián blížil s Pivovým vojskem k ležení loupežníků, v onen den trhajícího se mrazu, vrátil se Mikoláš z číhané, a jakkoliv byla jeho zpráva důležitá, přece se zastavil u Markety, aby jí řekl, že zhlédl mezi stromovím Lazara a jeho dva syny.

Marketa se zachvěla. Můj Bože, nadchází to, čeho se bála, nadchází smrt, kterou volávala.

Nebožátko, nevidím nic v její duši, co by bylo připraveno na příval smrtelného času. Jaký úžas ji očekává.

Marketa myslila po celý čas, co byla v táboře, na Lazara a na své bratry. Věřila, že po hrozné Mikolášově návštěvě nikdo nezemřel, neboť jí napovídalo srdce, zmenšujíc vinu přítelovu. Znala velmi dobře způsoby svého otce, nebylo jí nesnadno domysliti si, jak všichni pospíchají z Obořiště, jak chodí po sousedství opakujíce, že trest kromě krále a držitelů země záleží od Boha. Znala způsob jejich nestatečnosti a soudila, že se přiženou, až bude bitva z poloviny již rozhodnuta.

Teď zbledla, slyšíc novinu, že přicházejí. To byla lhůta, kterou si určila, a déle nemohla již odkládati s propuštěním nesmrtelné duše z tohoto těla, ze sloupu masa, který se zachvívá rozkoší lásky.

Sotva Mikoláš odešel, zmocnila se žalostná nevěsta dýky a

pohroužila si čepel do prsou.

Ach, myslí, že umírá, myslí, že je veta po jejích nadějích, neboť toto zbloudilé dítě má ještě v hodince smrti horoucí přání. Žel, touhy příliš pozemské! Ale Bůh posuzuje lidské skutky jinak, než je s to náš rozum a naše srdce. Náš Pán ustanovil, aby Marketa žila dále, a co více, ukázal jasně svoji vůli a náchylnost projevovati takovým chudáčkům více milosti než pomatencům, jimž od pobytu v kostelích rezaví kolena a vlhne nos. I stalo se, že Marketa si vbodla dýku do šestého mezižebří blízko k srdci. Jenom kousíček, a byla by na místě mrtva. Nač mluviti o nebezpečí, když slečna dýchá? Nechť se jí zdá cokoliv strašného, bude zdráva.

Mikoláš, vida svoji přítelkyni zkrvavenu, udeří mečem a zanechá koně, ať si běží. Přiklekne k zraněné a uniká mu výkřik, jenž vzbouří celý tábor. Loupežníci se sbíhají a slečna je v mdlobách. V té chvíli se jal Mikoláš hovořiti a láska mu kladla na jazyk přívětivá slova.

Loupežníci se trošíčku usmívají, neboť zranění je málo významné a Marketa již prozřela. Již se ohlíží po Kozlíkovi, již se červená pro Mikolášovo políbení. Líbá ji na ústa. Ale Kozlíkovi není vhod, že se zbůhdarma maří čas.

„Přiložte ruku k dílu, do práce! Mějte se k činu, neboť královo vojsko jde blíž a blíž!"

Kozlík zamýšlel zříditi jakési opevnění. Rozhodl se pro místo těžko přístupné v lese, kde není cest. Na vrata Roháčku mohli udeřiti beranem, avšak do Šerpinského lesa nelze přinésti bořidel.

Marketa je raněna, pah, Kozlík se o to nestará a volá Mikoláše.

„Mikoláši, vezmi si čerstvého koně a deset jezdců. Jeď pobít hejtmanovy stráže."

Milenec zanechá Marketu na sněhu a ani se neobrátí. Zatím loupežníci opevňují ležení, porážejí nové stromy, robí záseky, kopají vlčí jámy, přehazují sníh a ostří špice, které zakládají do výše koňského břicha. Marketa vstává. Hle, do jaké míry činí zadost loupežnickému obřadu. Zanechává na sněhu krvavou stopu. Z její rány odkapává krev, hle poznamenanou pannu! Pláče? Pláče!

K ďasu! Rozptylme jednou provždy pochybnosti o její nevině.

Je to děvka Mikolášova, saje na jeho rameni, zraňuje loupežnický chřtán, svíjí se v divé rozkoši na sněhu. Nic naplat, bývala to kdysi tichá panna, avšak od nějaké doby je tomu jinak. Stala se z ní nádhernější milenka, než se proslýchá, neboť purpurový plášť, v nějž láska odívá milenky, byl podšit zhrzeným blankytem. To není bez významu, to není bez truchlivé krásy. Za nynějších časů jsou milování i vášně chabé. Náš chřtán je pln vzlyků, skučíme a poštěkáváme chtíčem, uchvacujeme se zuby, a co z toho vznětu zbude nazítří? Budeme říkati jeden druhému, že jsme měli kolem půlnoci přivřená víčka a znuděnou tvář. Posléze všechno zevšední a budeme spáti jako sochy. Avšak Marketa? Její strach je jadérkem jádra. Je duší lásky!

Nešťastnice prošla táborem, hledajíc Alexandru. Shledala se s ní u příkopu, jejž Kozlíkovi darebové hloubili proti vojsku. Alexandra a její přítel Kristián nosili náruče chrastí. Byli přešťastni a usmívali se.

Jste mi, urození pánové, povinni věřiti, že tuto změnu přivodila láska. Ona je počáteční příčina všech štěstí. Hovoříce mateřštinou lásky, nepotřebovali jiného jazyka. Nosili čečinu jako nádeníci, ale co sejde dvěma milencům po denní práci. Byli šťastni při této robotě. Viděli se odcházeti od jam k lesu, odcházejíce jako do nebe.

Tu oslovila příchozí Alexandru a dívka se polekala. „Alexandro," řekla, „co to děláte?" Pronesla ještě několik slov, jimiž mluvíváme bez vzrušení, pronesla jen tak něco do větru, ale nepozasteskla si. Co říci šťastlivcům oddaným lásce s takovou rozumností? Marketě se zdálo, že jí Bůh dal tuto dvojici za spojence, lnula k nim pro všelijakou shodu jejich příhod, přála si s nimi promluviti, ale žel, Alexandra i Kristián byli oděni do svých štěstí jako do krunýřů. Ach, bytosti tak nesnesitelně šťastné! Marketin zármutek nemá konce. Aspoň slovíčko o něm, aspoň slovíčko. Zakouší trnutí jazyka a závrať. Sápe se na smrt, omdlévá.

Vážení pánové, Marketina rána není tak docela nevýznamná. Sahá až do plic, vy ji litujete, ale tábor nedbá, tábor je posměvačný a líbí se mu v bratrských nadávkách. Kvapí a pospíchá. Je jim tak dobře v hněvech, ve zvířecích choutkách a v naději na vítězství; hle, růžice samolibých úsměvů ve vousatých hubách.

Toho dne udeřila náhlá obleva, sníh se rozbředal v ohavnou jíchu a lepil se pod kopyta koní. Spustil se déšť, věru toť počasí jako stvořené k pochodu lesní necestou. Vozy se boří a smekají, kůň padá za koněm, vojáci žehrají. Cožpak si myslíte, že lze od srdce útočit, jsme-li zkřehlí a promočení? Co ponouká královské pluky? Žádostivost slávy.

Nu dobrá, vdmychneme jim něco statečnosti za víření kotlů a poplachu polnic, až vojandy, ruku na ústech, budou v oknech, až se zablýsknou zsinalé meče před jejich pánem, až zachřestí pražky na dobrém odění. Až půjdou prostranstvím bezduchého města, pak dozajista jejich bystrý krok a cval nesčetných koní způsobí vítr, který vzdouvá šerpu a rozkývá chochol. Královo vojsko si nezadá! Je mu vhod ukázati se v hadrech a s okrvavenou hlavou, miluje kořist a hejtmanství, jež ho dozajista mine, je statečné, však, probůh, v pravý čas! Dejte si zajít chuť na řeči o válečné slávě, když se pluk rachá ve špíně a po jedenáct dní s omrzlým čenichem stíhá loupežníky, aniž zabil víc než jediného. A kořist? Pah, domníváte se, že ten mizera Kozlík s sebou vláčí poklady? Jděte k šípku! Na ty zuřivce je škoda dobromyslného vojska, uvidíte, co padne nádherných chlapů, neboť loupežníkům jde tak či tak o hlavu a ještě ranění se budou brániti jako kanci. Koho zajmete? Fi, není o tom řeč.

Pan hrabě Kristián jel podle Piva a povzbuzoval ho. Bylo to nevýslovně protivné. Pivo, můj drahý tlusťoušek, rozumí sotva desátému slovu, vojáci kráčejí jako kozy na most, a ještě na něm chtějte, aby uctivě odpovídal. Jakže? Má poklonkovat chlapisku na hubené herce? Podobá se, že je to ledajaký chudý příbuzný, který si mezi dvojím výbuchem souchotin vyprosil doporučující list a nikdy víc již nesmí panu strýci na oči. Hrome, podaří-li se nám, abychom chytili jeho zmetka, bude nám děkovati hlasem tak tklivým, až si kůň sedne na zadek. Bude nás zváti důtklivě do Saska a dá nám ostruhu, která prý přináší štěstí. Ten chlap se jakživ nesejde s někým, na němž by hejtmanovi mohlo něco sejít, a jeho vděčnost je zpívající kohout. Vem ho ďas! Pivo se ušklíbl, jako činí nezbeda za vašimi zády, a jako nezbeda si opakoval německy: něněně-ňaňaňa. Posmíval se mu až hanba.

Dojeli na pokraj výmolu a hejtman zastavuje své vojsko, nechce vstoupiti do soutěsky, neboť loupežníci jsou již nablízku.

Dva větrové, vítr ledový a vítr vlahý, ženou proti sobě dva kotouče mraků, všechna obloha je rozdělena vedví a z tohoto sváru padá sníh a déšť. Hle, stín lijáku pruhovaný kosým přísvitem, hle, břicho povětrné závěje, jež rozsápala vichřice. V tu chvíli se zvedne vítr s nebývalou silou, kopí se pohnula, vojsko se sklání, vojsko si přidržuje plášť a protírá si oči plné slzí. Ve škvírách mraku se jeví olivový klín bouře. Je skoro tma. Lidé se lekají, lidé se lekají, a vzniká zmatek.

Ach, přepodivné jsou úradky boží. V tu chvíli Mikoláš ucítil dotknutí na svém rameni, ďábel jej pobádal bodlem času, aby vyrazil proti králi.

Vzácní pánové, uvažte, oč šlo, a nepouštějte ze zřetele ani čas, ani místo. Hejtman se obával, že by mohl býti zaskočen v roklině, a poručil, aby se vojsko rozdělilo ve dva proudy.

„Postupujte po svazích strže," řekl svým lidem, „postupujte obezřele, jedna ze stráží zahlédla na dně propasti jezdce, jsou to loupežníci. Nuže, přátelé, Bůh nám je vydává. Přišel čas, abychom je zdrtili a zbili do jednoho. Vzhůru, vzhůru na vrahouny!"

Pivo opakoval tato slova a ani chviličku neustal v povzbuzování. Zdál se býti obezřelým hejtmanem, neboť všechna znamení ukazovala, že boží shovívavost s loupežníky je u konce. Nyní nastalo setmění slunce a dole v roklinách, kam nikdo nedohlédne, bylo slyšeti výkřik a hlas. Zpupníci! Mikoláš a Janův levoboček zardousili jednoho z královských stráží. Tato příhoda utvrdila hejtmana v domnění, že Kozlíkova smečka je dole a že ji zaskočí. Dal se na cestu s tou částí vojska, jež přešla na druhou stranu prohlubně. Hrabě Kristián setrval v oddílu prvém. Lesní pustina nebyla za tehdejších časů nevídanou věcí. Němec šel bez údivu, šel, jako chodí spravedlivý voják, v milosti krále, v úhlu vševidoucího oka, jež bdí nad svými robátky.

Ach, jak často zaměňujeme své přání s božím záměrem! Stalo se, že byli přepadeni na nejvyšším místě, tam, kde břeh úžlabiny spadal nejstrměji, tam, kde je úzký prostor, tam, kde se říká V krupech. Stalo se, že byl muž proti muži. Na druhé straně průrvy stál Pivo. Třásl se vztekem. Vítr, zběsilý přechovavač nářků, se řítil přes údolí. Bylo slyšeti sten a hulákání, jako by ranění řvali hejtmanovi do uší. To byl bláznivý den! Blýskavice mečů zastírala tváře. Bylo viděti než kožišinu Mikolášovu, neboť stál na vyvýšeném místě. Bylo viděti Kristiána, jak padá z koně. Kristiána a nakonec Lazara. Vojáci utíkají, někteří se vrhají dolů po svazích propasti, někteří se zachránili v lese, někteří unikli podél rokliny. Žel toho vojska, těch dobrých chlapů, kteří tak velice milují vepřové hody! Říkává se, že loupežník nesmí poleviti strachu ani hrdinnosti. Toto pravidlo je dobré a Mikolášovi lidé se jím řídili. Dali se na ústup v pravý čas.

Přišed na místo srážky, napočítal hejtman devět mrtvých. Jeden raněný ležel mezi životem a smrtí a tři byli neschopni válečného tažení. Ti, kteří padli, byli pohřbeni ve sněhu, avšak co s raněnými? Hejtman plný vzteku dal vyprázdniti jeden z vozů a rozkázal, aby se vrátil s děsnými pocestnými do Boleslavě. Kdo má říditi koně? Volba padla na sedláčka, jejž včera přiměli, aby zanechal svých prací a táhl s vojskem proti loupežníkům. Chlapík se jmenoval Kulíšek. Bude se modliti po celou cestu. Znamenaje se křížem ve jménu Otce i Syna i Ducha svatého, vylezl na kozlík a zapráskal bičem. Vůz se hnul a ranění se dali do stenání.

Neblahý Kulíšek, strach a útrpnost vedly svár o jeho duši, byl vában bolestí a přidržován hrůzou. Již stokrát se chtěl obrátit, chtěl se zeptat těch hrozných chudinků, kde je co bolí, ale rarach mu bránil, aby obrátil hlavu. Cítil na šíji jeho morový dech. Děsil se ticha v svém voze a zaúpění mu projelo kostmi. Sňal čepici, aby si otřel ledový pot. Jede prostovlasý, dešť a sníh jej oslepuje, dešť mu stéká po vousaté tváři a umrlec uvnitř vozu pokyvuje hlavou, tak jak se vine a jak drkotá šílené bezcestí.

Ach, Kulíšku, král tě učinil strážcem spáčů a vozkou hřbitova, jeď zvolna, ať nevyrazíš duši poslednímu z jeho vojáků.

Vypravuje se, že za této cesty sedláček zešedivěl, kdož ví, co je na tom pravdy.

Pivo zatím přehlédl a spočetl své ztráty. Střežil se přikládati před vojskem význam nehodě, která je stihla, ale u všech všudy! Jak má královský hejtman utajiti rozmrzelost? Klel a klel. Mrtví vojáci měli v opascích a v sedlech něco zlata; jakže? Domníváte se, že hejtmana utěšuje sirotčí peníz? Rozdá část vojsku a za zbytek budou slouženy svaté mše. Nyní na kůň a po stopě loupežníků! „Vždyť je ten Kozlík pouhý dareba, z kalhot mu leze zadnice a nemá nic k jídlu."

„Pak," odpovídá Pivo, „tím hůře pro nás, kornete, budou ukazovati prstem na můj pluk, na pluk, který honil mravence, aniž jej zabil. Fi, fi, fi! Vždyť mi ten prašivec ukradl hraběte Kristiána!"

Starší z vojska se shlukli kolem Piva. Co dělat, co říci králi? Kterýsi chlap viděl, že byl německý šlechtic jat zároveň s Lazarem. „Byl to Mikoláš, který je strhl z koně," praví Lazarův syn a zlořečí loupežníkům.

Dosti! Hejtman je již syt proklínání. Káže, aby si hleděli svého místa a šli s obezřetností před se. Les temněl, les temněl a v smrčinách se mihl stín. Co byste tomu řekli, duch vojska se ponenáhlu zvedal. Zbrojnoši byli mdlí, a nyní jsou rozzuřeni. Sníh, jenž do sebe vsákl něco krve, má konečně pravou barvu, hrome, to místo se podobá místu, kde tanečník rozbil o veselých křtinách láhev vína. Ohlížejte se na obě strany, ať kůň nezařehtá, ať nezazvoní podkova, ať přazka necinkne o jílec meče. Jděte zticha, jděte, kuřátka králova, a učiňte zadost jeho hněvu.

Toť se ví, že ani Kozlík nezahálel. Vše bylo připraveno k obraně. Pán loupežníků dal zabíti koně, aby se jedlo, jak se sluší před bitvou. Chlapi se leskli mastnotou a olizovali si prsty. To se to jí, to se to čeká nacpán. To se to čeká, levici v podpaždí a druhou ruku na jílci meče. Sníh taje, voda stéká na nízká místa, nastává obleva, země jako hranostaj a severní zajíc ztrácí svůj plášť, kopečky prorážejí sníh jako pigmentované hroty prsů. Nic jinak, než že se blíží jaro. Tak časně? Probůh, což jste neslýchali, že na den Narození Páně rozkvetl strom? Nepřestaneme se divit, byť jsme žili sto let.

Po zimě tak kruté nastalo rázem jaro. Jižní svah Kozlíkovy

pevnosti byl již prost sněhu. Kozlík hned postřehl tuto nevýhodu a rozkázal, aby shrnuli závěj na úbočí. Pahorek byl tak kluzký, že bylo třeba, aby loupežníci táhli koně vzhůru po provazci houžví. Konečně jsou na místě, sníh je shrabán, kůly naostřeny, závory zabity a již se dojídá nádherný oběd. Je čas vyslechnouti zajatce. Přivádějí Lazara, jehož vousy jsou bílé jako kouř. Kozlík se opírá o meč a poslouchá.

„Jsem uprostřed tvé čeledi a nasloucháš mi jako hejtman, jsi pánem všech, kteří jsme blízko tebe, a rozumím, že mě budeš trestat na hrdle. Tvoje svévole je ukrutná svévole, právo nemá u tebe zastání. Spálil jsi Obořiště, zmordoval jsi mi lidi, zavlekl jsi Marketu, nesmiloval ses nad ní. Nebojíš se, nemohu tě postrašit, avšak vojsko, které jste viděli nad úvozem, není než část vojska. Budeš chycen za hlavu. Padneš, či budeš oběšen. Nic se neudá mimo jedno z těchto neštěstí. Mysli na Boha, Kozlíku, snad ti skýtá příležitost, abys naposled byl přívětivější."

Loupežník odpověděl Lazarovi po chviličce ticha: „Ach, ty pane Lazare, což ty se mnou mluvíš, jako kdybys byl doma u nás na Roháčku. Kdo jsi? Strašidlo ze silnice, jež klepe holí o štít, aby postrašilo kupce s ranečkem příze. Moje hříchy jsou veliké. Ostříhal jsem špatně božích příkazů a bídná přirozenost lidská mě vedla k hříchu. Často mě unesl hněv, litoval jsem pozdě svých činů, ach Bože, sahával jsem příliš snadno po meči, ale ani jedenkrát jsem nenapadl člověka, jenž nebyl ozbrojen, nečíhal jsem při silnici, ale vedl jsem drobnou válku s pány a s jejich čeledí a s kupci, na něž jsem křičíval v zátočinách, aby se bránili. Moje hříchy jsou hříchy šlechtice, moji skutkové jsou smrtelně bledí, někteří se tmí pekelným stínem a z jiných stříká krev. Moji skutkové mě zděsí při posledním soudu. Půjdou pochmurnou řadou a budu se báti, patře v jejich tvář. Budu se báti, ale nezastydím se. Nikoliv. Vedli jsme války a vítězili jsme. Vedli jsme války proti vůli krále. Od desíti let nás napomíná skrze hejtmany a nepřátele, kteří přicházejí s mečem. Odpovídal jsem jim, jako se odpovídá nepřátelům. Nevyslechl jsem je, neposlouchám. Můj meč není o nic kratší než meč hejtmanů. Snad bych byl kdysi šel před právoznalce a na soud králův, teď však je válka, válka, v níž vítězím."

Lazar se zasmál. Bůh ví, kde se v něm vzala odvaha smáti se tak nevhod. „Ty chceš vésti válku s králem?" děl, sípaje a pohlcuje slova, „ještě teď, nešťastníče?"

Chlapi v radě ztichli, očekávajíce výbuch Kozlíkova hněvu, bylo viděti, že mu vztek nadouvá tvář, již vstává, a Lazar tichne. Ach, drazí páni, již je po něm veta! Kozlík je popuzen a nezná slitování. Můj bože, jak osvětliti duši, po níž přechází stín za stínem? Jak učiniti srozumitelným rasovského loupežníka, jenž má jakousi hrdost a jakési slitování? Nevím. Je to zuřivec, ale někdy mu uniká úsměv pro věci nicotné a plné něhy. Někdy je smuten pro ubožátko, jež obdaroval či které pominul. Buďte mu ku pomoci, svatí andělé, vidím na jeho surové tváři malé znaménko lásky, pramalé znaménko milosti, pihu, sluneční tečku, vějířek vrásek, jejž vyhloubil úsměv nad ptačím hnízdem a nad psíčkem, který se batolí podle psice.

Kozlík měl již napřaženou ruku a v ní se leskla čepel, byl by Lazara zabil, ale Marketa padá na jeho ruku, tak jako padáme v uzdu koně. Nepláče, nezavzlyká. Je odhodlána zemříti před svým otcem. Neprosí, je však krásná.

Hle, jak se stravuje a mizí pýcha loupežnického srdce. Kozlík se zastavuje, Kozlík váhá, jako váhají venkované, než zasednou ke svatebnímu koláči.

Dívejte se však na Marketu. Pod záplavou nádherného vlasu se svíjí její žalostící mozek, mozek, v němž jako zoban štípe strach. Strach, strach a zoufání. Marketa chce zemříti.

Pane a paní, kteří čtete, Bůh vnuká lidem takovou žádostivost života, že mu důvěřujeme i v hodine smrti. Vzdáváme se tělu, jež je sochou boží, a činíme, co nám našeptává nádherné srdce. Marketa si drásá šaty a obnažuje svou ránu, nuže, vizte ty prsy. Jak jsou krásné! Její rameno je jako ohbí řek. Vizte to královské držení hlavy, na niž usedla krása jako orlice!

Marketo, vy světačko, z vašeho záměru býti Kristovou nevěstou nezbyl než cár závoje. Plačte. Kozlík je překonán a všichni mužové jsou překonáni. Plačte, vedla jste si jako nevěstka a váš otec se díval.

Nevěstka! Proklaté jméno, jež se vždy vrací. Což je krásnější sochařství než sochařství údů? Znáte dokonalejší zrcadlo, než je údiv? Marketo, vedla jste si, jako si vedou dívky. Žel, váš otec se zarmoutil, neboť nepočítá vašich sedmnáct let a vroucně si přeje mluviti s vámi jako s dítětem.

Když minula kratičká chvíle mlčení, přistoupil Mikoláš k svému otci a řekl mu: „Otče, ty jsi mi dal Marketu Lazarovu, dej mi i Lazara. Nepřivedl jsem jej proto, abych jej vydal na smrt, nechci se s ním svářit."

Kozlík se obrátil skrývaje úsměv, ale přece jen se nezdržel, aby neudeřil starocha po rameni.

„Jdi, kam je ti libo," řekl Mikoláš, „Marketa je moje žena, a jak se skončí tažení, přivedu kněze, aby jí dal toto jméno před Bohem i před lidmi. Strhl jsem tě z koně a vedl na toto místo, aby si Marketa nestýskala. Proč však nemluvíš, proč se hněváš?"

Lazar mlčel a nepohlédl na svoji dceru.

„Vrať se zpátky k hejtmanovu vojsku, jdi kamkoli, vezmi si koně a jdi."

Mikoláš domluvil a stařec propuká v pláč: „Viděl bych tě raději mrtvou, dceruško."

Pláče, a jeho pláč je jako mračno, mlha jej zastírá, mlha mu brání, aby viděl, že si Mikoláš vzpomíná na laskavé slovo, že zrývá ostruhou zemi a že překládá meč z ruky do ruky, jako kdyby hořel.

Co dělá Marketa? Co jiného, než že se stydí. Jak by si nyní přála léku mučidla, jak by si přála, aby bolest svědčila o její dětinské lásce. Co učiní? Rozbíhá se za svým otcem.

V tu chvíli se otevřelo nebe a shůry dolů crčel lijavec, mračno ošleháváno větrem přehnalo se v divokém úprku. Zaváhání a slastné rozpaky Mikolášovy již míjejí a totam je Kozlíkovo rozněžnění. Huláká opět z plných plic. Bylo to bláhové, civěti na zajatce, který se protiví, věru, prabídně jsme se tázali, já i Mikoláš. Kozlík se ohlédl za vzdalujícím se Lazarem, fi, byl by na něho s chutí poštval psici a vetknul mu šíp mezi lopatky. Lazar pospíchá a vedle Lazara běží Marketa.

„Stůjte! Stůj!" volá Mikoláš a již jim je v cestě. Mluví; co tak drkotavě mluví? Hněvá se, avšak Marketa nechtěla odejíti zároveň s Lazarem, neprchá, ach, nakládejte s ní méně zuřivě. Což se vám znelíbila tato krasavice tak náhle? Zběsilý loupežník ji rve za vlasy. Ach, to je bláznivá podívaná! Hleďme, abychom při svém vypravování zvážněli! Dále již ani slova! Co nám sejde na lásce, která se rve, co nám sejde po kejklířské vloze rabiátů, kteří trápí své milenky a opět je líbají, jako kdyby neměli zdravý rozum? Jakže, vy nejste spokojeni s příběhem ze starých časů? Což vám nepůsobí ani ždibec libosti slyšeti o mrazech tak pořádných, o prudkých chlapech a sličných dámách? Nepůsobí tato povídka jako mlat u porovnání s rozkošnou složitostí současné literatury? Nedojímá vás ani poněkud, ani pramaličko, ani se zpožděním, jehož bývá třeba vaší pronikavosti? Domníváte se vskutku, že veliké lásky byly vždy dokonalé lásky? Není mi nesnadno představiti si mudrce, jenž skotačí, stýskajícího si anděla a milence, který dává své dámě za vyučenou holí, aniž ji jen na chviličku méně miluje. To vše se přihází buď jako skutečnost, či jako smyšlenka, které jsme přivykli a jež v nás nyní vzrůstá.

Všechny věci jsou podrobeny změnám a mnohá barva obsahuje barvy dočista vzdálené. Avšak buďme snášenlivější, udeřte knihou a slyšte dále vypravování, jež spěje vpřed.

Hlava čtvrtá

Poshovte mi, vzápětí povím, co se stalo s Alexandrou a co se přihodilo Kristiánovi. Vypovím zevrubně i to, co učinil, i to, co řekl Kristiánův otec, když přišel mezi loupežníky. Avšak dříve jest mi mluviti o královských vojácích a o jejich hejtmanovi Pivovi.

Po Mikolášově přepadu se pluk zastavil jenom na maličkou chvíli. Když se Pivo zhostil vzteku a když zvážil příhodu, nemohl neshledati, že je nicotná. Těch několik vojáků, co padlo? Nu, selský národ obrůstá jako vrba a vždy znovu naplňuje svými těly propasti válek a vždy znovu a vždy vesele orá na starých bojištích. Vezmi ďas těch několik mrtvých a vezmi ďas i hraběte Kristiána.

Což jsem ho nenapomínal, aby se nevzdaloval od mé osoby? – řekl si hejtman – to ovšem není hádání se s biskupem, ale šlechtická bitka. Panečku, Kozlík se v tom vyzná, to není jen tak ledaskdo, vy saská hrabátka! Abych byl tak dlouho živ, kolik vám nasolí ran! Ať platí pět za jediný rok, pět za jeden! Ech –

řekl si hejtman vposled – co bych se staral o všelijaká vyžlata a o tatíčky ze saských zemí, shledají se o něco dříve u Kozlíka, posedí si do druhého dne, neboť zítra je vyvedu na silnici.

Tu se hejtman obrátil na své vojáky, aby si dodal ducha a aby mu přisvědčili, že se vše přihodí, jak byl řekl. Starší z vojska jako na znamení k němu přistupovali a radili se, co by měli učiniti, a jmenovali hned to a hned ono. Někteří příchozí se počali mezi sebou hádati, a věru padla tvrdá slova. A tehdy se ujal slova sám Pivo a řekl: „Nedbám na vaše hádání, mlčte! Půjdeme po stopě loupežnického vlčete bez zastavení. Jezdci, již nám vjeli do kožichů, to byl jen Kozlíkův podjezd, chlapík sám sedí někde na hůrce a opevňuje se zásekami. Dojdeme do jeho ležení zajisté před večerem. Není třeba něčeho se obávat. Až Kozlík přehlédne naše vojsko, vydá svůj meč a nepomyslí na bitvu!"

Kéž by tomu tak bylo! Ti, kdo šli za Kozlíkem, přisvědčovali, ale proto nebyla jejich pozornost méně bdělá. Šli opatrně a pluk sám byl ještě opatrnější. Stopa Mikolášova je zaváděla všelijakými necestami, tu se vracejíc k potokům a k houštinám, tu k srázu, tu k propasti.

Kolem čtvrté hodiny stanuli pod Kozlíkovým táborem. Již se ozývá křik, křik loupežníků a křik vojska. Kozlík a Pivo čekají, co si počne nepřítel. Loupežníci jsou ve výhodě, avšak je jich tak málo. Královský pluk je pětkrát tak četný. Mikolášův čin nad hlubokou cestou, čin, který takovou měrou povzbudil vojsko k hněvu a k boji, je dosud v živé paměti. Chtěli by ztrestat drzouny a ukončiti toto žertování. Pivo však váhá. Má nocovati v lesních podrostech za přívalu dešťů, má rozbíti stany v této bažině, či má dáti pokyn k útoku? Za dvě hodiny nastane soumrak.

Hejtman velmi dobře věděl, co dluží svým vojákům, a rozhodl se učiniti to, co si sami přejí. V jeho pluku sloužili dva či tři chlapíci, již se měli jak náleží k světu. Rozmlouvali právě mezi sebou a hejtman k nim přistoupil, aby naslouchal.

„Zdá se mi," řekl prvý z nich, „že náš hejtman nebude otálet. Vezmi to hnízdo útokem, hejtmane. Je čas učiniti konec s posměváčky. Noc nám nedopřeje spánku a jitro bude horší večera."

„Jakže," odpověděl druhý zbrojnoš odvazuje helm od luku sedla, „chceš říci, že nás budou ta chlapiska zaměstnávati déle než dnes? Ti mají již na kahánku a věru na tom nesejde, kdy se nám uráčí jim odzvonit." Pivo poodešel k lučištníkům a odtud k oddílu vozů; duch vojska byl lepší, než tažení zasluhovalo. Ovšem, vozatajové toužili po domově a chtělo se jim spát. Jak jinak, vždyť to jsou sedláci. Pivo rozeznával, že má vojáky k rozhodnosti spíše stud a přání, aby se již nazítří rozešli po noclezích královského města, než statečnost. Viděl své chlapy chátrati a bylo mu jich málem líto. Leckdo měl namrzlé ucho, poleptanou kůži, bělavé konečky prstů a sněhovou růžičku na nose. Břicha jim splaskla, bývaly to nádherné kokardy a uváděly v úžas krčmáře a sedláky při špižování a běhny v kostelích, když si chlapisko zasunulo palce za opasek. Bývaly to nádherné kokardy! Skýtají dost místa pro řádné sele, a zatím se v nich prohání ubohý pšouk. Pivo byl rozhodnut a rozkázal kornetovi, aby zatroubil.

Vzápětí se ozve hlas trubky a Pivo ve jménu krále má loupežníky k tomu, aby vydali své zbraně. Kozlík neodpovídá. Čemu důvěřuje, nač se blázínek spolehl? Druhé vyzvání hejtmanovo zůstalo rovněž bez odpovědi.

To vše je jenom protahování smrti, toť mazanina hrůz, neboť poslední hodinka již nastává. Obraťte svůj meč, nešťastníci, za Pivovým bachorem stojí právo a holomci práva. Doufejte v spravedlivé odsouzení a vrhněte dolů své meče. Vždyť to, co nastává, není bitva, ale jateční řež a jateční porážka. Vojáci jsou chtiví krve, vidím pod pancíři a pod brní škubati se jejich srdce. Některá poskakují a zlost jimi hýbe, jako hýbe vítr plamenem svíce.

Vojáci, vojáci ze řemesla! Ach, věrnosti, která na sklonku týdne přicházíš na svůj peníz, vy nádeníci meče, vy žráči vepřů, vy krysy v špižírnách, vy, jejichž hříchové platí za čest a slávu zakřivujíce se podél helmice jako ohnivé péro. Vy prodavači smrti, vy loupežníci, jejichž svévole byla učiněna právem! Vám se vzdáti? Nikoliv! Bůh nedopřál Kozlíkovi ani jeho synům smrti, jaké si přáli. Nepadnou v bitvě, kde běží o říšské věci, nepadnou v šarvátce při únosu dívky, ani pro svaté náboženství, nepadnou bojujíce pro urážku. Tato bitva je sprostá, jako jsou sprosté rvanice s pacholky. Ale nic naplat, nikdo z nás si zajisté nevolí způsoby smrti. Kozlík a mnozí z jeho synů padnou poněkud znechuceni vojskem, jež nezasluhuje svého jména. Doufejme však, že se jim dostane po dobrých ranách. Zatím se hejtmanovo vojsko rozdělilo na šest sborů. Pivo chtěl, aby polovina postoupila na úbočí a vryla do svahu tolik zářezů, kolik dostačí. Byla sháňka po lopatách, avšak nalezly se snad tři, snad šest, ale nikoliv více. „Nezbývá, než abyste užívali mečů a sudlic. Hrabte a kopejte vším, co je způsobilé k hrabání. Vezměte kůly, vezměte palice, budete zarážeti do země dřeva tak, aby mezi nimi nebyly delší mezery, než je loket." Vojsko se hnulo. Bylo slyšeti bezpočet hlasů. Oběma tábory se ozýval hluk a vykřikování. Žebř a provaz! Tu někdo přináší bidla, tu vlekou klády. Je viděti jakéhosi holobrádka, který se šklebí jako potvůrka, jiný vzdychá a opět jiný mává rukou a vykřikuje rady, na něž nikdo nedbá.

V povaze válek je hluk, Pivo řve nejvíce, řve a jeho hlas vrhá vojáky hned sem, hned tam, jeho hlas vypravuje o obludnosti útoku. Hejtmanství! toť skvostná záminka učiniti sprosťáka pánem.

Nuže, již se stalo, že první skupina vojska stojí u paty vrchu. Již stoupá vzhůru. Nejvyšší řada se krčí za pavézy, ostatní pracují. Hle, kůl nad hlavami lidí, hle, řetěz oblehatelů a opět koníčka, který se vzpíná větře smrt.

Zdá se mi, že slyším hukot prokleté vůle vražditi, odkud vzchází ten hlomoz?

Rach, rach, rach! Krá a krá a krá! Svatý Ježíši, kdyby se někdo zeptal vojáků, co to činí, nemohli by mu odpověděti. Kdyby se někdo zeptal loupežníků, vycenili by v údivu své tesáky. Všichni jsou skloněni k své zbrani, jsou přitisknuti na svoji zbraň, zajíkají se záštím a jejich duše říhá, nemohouc již plakati, a jejich duše drápe do spodiny mozku a do stěn ubohého těla jako jaguár, jehož klec přihořívá.

Hle, uzda války se obrací vzhůru. Vojsko padá a vstává, padá a vstává. Již stojí dvacatero dřev, již vlekou dvacatero žebříků. Slyšte to řvaní a hulákání, ó zpívající chřtán, ó chraplavá píseň, ó píseň. Ejhle, pole bláznů, pole králových holomků, pole nejknížečtějšího vojska. Jsou v ohni vzteku a tento vztek je přepadá vždy v pravý čas, vždy, kdykoliv se uzdá hejtmanům, kdykoliv kornet přiloží svůj roh k ústům.

Vážení pánové, dříve než si krkavci a vrány naplní vole rozpojenými údy a těly tohoto vojska, vyslechněte kratičkou úvahu bláznovu.

Ten chlapík se narodil mnohem později a za časů, o nichž povídka vypravuje, pobýval na houbách hluboko mezi azurovými skalami a lesy. Nechtěje nikomu sloužiti zůstal chud, otrhán a bez cti. Platí za ztřeštěnce, byl však moudrý a napsal knihu, jež se dochovala.

Nuže, co praví tento jasný duch?

Praví, že prvopočáteční příčinou všech válek je nezměrná a zvířecí blbost. Ve veliké nouzi, praví dále náš zedraný mudrc, se bráníváme, jako se brání medvědice, a opět jindy ve veliké nouzi se vrháme na své bližní, a tu jsme podobni rysu. Vy a já chválíme za tyto počestné schopnosti Boha, ale on mu klne. Jakžpak by potom neklnul lidem, kteří si osobují právo oblékati nás jako rysy a přiostřiti naše drápy, aby se tím více podobaly rysím drápům? Jakž by jim neklnul, když vychrstli na toto odění něco slavných barev a smočili korouhve ve džberu krve a vdmychli ubohým vojskům vědomí slávy?

Copak to máte se slávou? Slavný je život či lépe dílo, a smrt je hnusná. Špatný hospodář mýtí lesy na pahorcích, špatný král vede války, špatný básník mluví o zkáze. Mír, mír, mír! Dejte si zajít chuť, vy duše příliš hrubé, vy směšní troupové s mečem při stehně, dejte si zajít chuť. Pravíte: buben, a já odpovídám: svatba! Ba, namouduši, přiznám vám něco básnivosti, neboť stínajíce a zažehujíce a rozbíjejíce nástroje míru zakoušíte něco ze závrati tvoření, ó básníci ďáblové. Když se vaše samičky nasytily vosku na knírech, budou olizovati s tím větší chutí rány a krev na jizvách, neboť krev je nádherná! Toť pars pro toto, toť obraz v špatném sledu, který jste ukradli loupežníkům. Oni jsou nutkáni k rvačkám a vy se rvete na pobídku, oni budou ztrestáni na hrdle a vy se obohatíte a budete povýšeni a chváleni za své zabíjení. Oni jsou zvěř a vy jste pacholci katovi. Lépe je býti loupežníkem, jenž má duši rysí a čest rysí, než hejtmanem, jehož tvář je lidská a chrup psovský. Hra loupežníků je sprostá, avšak nazýváme ji pravým jménem, nuže přiznejte barvu i vy.

Jen strpení, vidím, jak se naparujete a mluvíte nosem, říkajíce, že jste vykonavateli králova soudu a spravedlnosti. Jde o bezpečnost silnic! Bah, vy jste všichni stejní pobertové! Jen ozbrojte chlapy po vesnicích, neboť především chlapům patří zbraň, a uvidíte, jak vám i loupežníkům jednou ranou spadne kohoutek. Jen se netvařte tak ctnostně, jste všichni jednoho stavu. Onen bosácký mudřec, který toto vše řekl, namluvil mnohem více řečí, ale aby ho ďas sledoval na jeho cestách. Vraťme se k vypravování.

Pivo útočil a Kozlíkovi lidé se bránili ze všech sil. Loupežníci i vojáci dobře umírali, tu vydechl duši někdo na straně králově, tu na straně zbojníků. Šlo jim to k duhu a ještě umírajíce pořvávali. Sníh na svazích ustoupil černi prsti a rudé barvě krve. Krev se pěnila vystupujíc z úst a stékala crčkem podél chromých údů.

Vojáci již stáli v polovině svahu a prvý žebř dosahuje již k zásekám. Loupežníci přidržujíce se lana a houžví sbíhají dolů. Již si leží ve vlasech, již leží v strašném objetí. Je viděti blýskavici mečů, okrouhlé oko, blýskavici mečů, ohbí lokte, zveselenou tvář mrtvoly a dvojici rukou, z nichž pravá láme prsty levici.

Dva z Kozlíkových synů již padli. Slečna Štěpánka byla zabita probodávajíc jakéhosi ryšavého vojáka. Simon se zřítil zasažen kamenem vymrštěným z praku. Dopadl mezi vojáky s roztříštěnou hlavou, ach, bylo mu patnáct let.

Staly se věci strašné a věci žalostné, avšak daleko nejžalostnější je smrt nejmladší Kozlíkovy dcery. Chudinka! Jan jí rozkázal, aby svalila několik kamenů z pokraje srázu. Byly přichystány, a jakkoliv nemělo děvčátko valné síly, přece jimi mohlo pohnouti z místa. Žel, opřela se do nich, jako se opíráme do zdi.

Ejhle amazonku, ejhle nešťastnou holčičku, padá střemhlav, padá na místě, kde není leč skála.

Vykřikla, jako křičívají děti, ale již ji vidím vstávati, již se zdvíhá, již běží proti stráni. Jakýsi voják ji udeřil do ramene, je příliš slabá, aby mohla zápasiti, a pláče. Vojáci ji vlekou, mají plné hrsti jejích vlasů a vlekou ji k jízdě, jež stojí opodál. Jak s ní naloží? Bude přivázána. Maličká loupežnice neslýchala leč o loupežnických věcech, přeje si účasti na krvavém díle a zvedá nůž. Zvedá nůž, jejž kterýsi voják pohodil ve spěchu bitvy či v úzkostech poslední hodinky. Nikdo ji nevidí, nikdo si nevšímá maličké holčičky, která se zajisté bojí. Jakže? Není ta maličká ďáblice? Nepodobá se svému otci a svým tetám? Hle, již drží nůž, již si vyhlédla, jak se obrátí, již se vrhá na hrdlo vojákovo. Nešťastník, přijímá smrt z ruky housete právě tak, jako náš starý soudce přijme a strpí vyplísnění od nejmladšího andělíčka a bude zbit pranepatrnou peroutkou.

Toť se ví, chlap s výkřikem padl a válí se po zemi. Vražednice klečí a odříkává slova modlitby, zdá se mi, že pozbyla síly, aby se bránila. Zdá se mi, že nevidí. Prostor kolem ní je zprohýbán jako šátek. Vojáci křičí. Vidím meč, který míří na krk pacholátka. Ach, odvraťte se, vážení pánové! Skoro padesát lidí bylo tehdy zabito, padesát vojáků a loupežníků, ale není truchlivější smrti nad smrt tohoto dítka. Bylo sťato.

Nyní se udál třetí a čtvrtý a pátý výjev této bitvy. Pivo byl raněn a vyplivoval drť zubů, nyní padl Jan, nyní se zřítil Kristián a zůstal ležet. Ó hodinky bitev, ó lkáníplné hodinky! Komu je třeba krve a hrůz? Jste sběř! Jste sběř! Nebesa burácí ošklivostí a svatý Jiří podupává. Fi na vás, vy lůzo!

Kolem šesté hodiny, když se snesl soumrak, byla bitva pro loupežníky ztracena. Pivo stál na pahorku. Mor na něj, mor na starého práče! Loupežníci zanechali všechno své zboží a utíkají. Utíkají na koních. Leckterý chlap chová v náručí pacholátko, leckteré dítě se přidržuje opasku loupežníkova sedíc na koňském zadku. Paním byli dáni koně nejbystřejší. Kozlík a všichni ostatní zdržují vojáky bráníce se z posledních sil. Konečně se i oni vrhají ze stráně.

Poslední rána, poslední bodnutí. Kozlíkův hřebec se vzpíná, jezdec jej nestrhl, a již se s ním válí a již se lámou údy loupežníkovy a hřebcův hnát. Toho nešťastného skoku! Kozlík chtěl býti poslední, jako se sluší na dobrého vůdce, a hle, co se mu přihodilo, upadne do zajetí! Bude jat a oběšen! Jeho synové jsou dávno pod vrchem, utíkají, nic nevědouce o zlém neštěstí. Mikoláš je již daleko napřed, ale zastavuje se, aby zvedl dítě, které spadlo z koně. Míjí chvilička. Mimo dívku a loupežníka se již přehnala utíkající smečka, pravím mimo dívku a loupežníka, neboť Marketa Lazarová je se svým milencem. V kterési knize stojí psáno, že je láska učitelem úsměvů, to není hloupé, na mou čest! Mikoláš si osvojil jakési usmívání a otíraje krev z obličeje malého chudáčka činí podle nového zvyku. Marketa zabalila chlapci hlavu do šátku a teď již nasedají na kůň. Ach, doposud nebylo prolito dost krve. Právě když nasedli, stihli je dva vojáci. Mikoláš bodl jednoho z koní a nestaral se již o jezdce, jenž se zřítil zároveň se svým zvířetem. Druhého pohůnka králova Mikoláš však ťal přes stehno a rozdrtil mu přesilnou kost. Ten raněný člověk pak již nikdy zpříma nechodil ani zpříma nestál.

Teď věru mají naši milenci nakvap, neboť vidím jiné dvojice spěchati na místo srážky. Mikoláš je postřehl ještě včas, zmocnil se nepřítelova koně a rozkázal Marketě, aby ujížděla ze všech sil. „Pospěš si," vykřikl loupežník na svoji nevěstu a sám dopadl na hřbet koníčka, až se ten chudáček zatřásl. Sotva byl Mikoláš v sedle, již zvedl meč, aby se opět bránil proti těm, kdo na něho najížděli. Hnul se jim v ústrety, jeho kůň cválal a koně vojáků běželi tryskem. Ty náš dobrotivý Pane, bojím se, že bude rozdrcen jejich vahou, bojím se, že bude zabit dříve, než došel spásy a poznání pravdy. Je to loupežník a žil, jako žije rys a vlk. Dopřej mu, aby zvítězil, aby vyrazil duši z těch chlapů!

U všech všudy, kdo by se toho nadál, že královi vojáci mají tak nezměrnou chuť zůstat naživu? Vy chlupáči, vy byste zhltli kajícího se hříšníka i s ostruhami. Ale kdežpak! Ještě držíme svůj meč a náš obličej rudne silou.

Mikoláš uskočil jezdcům z cesty a tu, jak jeli příliš rychle, se stalo, že nemohli naráz zastaviti svůj běh. Bůh dopustil, že se rozptýlili a že je Mikolášova zuřivost zbíjela jednoho po druhém. Onoho dne upadl do zajetí Kozlík a mnozí jeho synové byli pobiti; mimo tato neštěstí se již nepřihodilo nic pamětihodného ani těm, kdo byli na útěku, ani těm, kdo je pronásledovali, ani těm, kdo setrvali sbírajíce kořist. Mikoláš schytal vojenské koně a odjel za svými bratry. Vypravování jej neprovází.

Hlava pátá

Pozornost, kterou skýtáte těmto příhodám, nechť se vrátí znovu do bitvy k onomu okamžiku, kdy Mikoláš se svými lidmi přepadl část hejtmanova vojska. Vzpomínáte si, že hrabě Kristián a Lazar byli zajati v jednu chvíli. Nuže, co se s nimi stalo? Vzácní pánové, oba starci klusali podle koní majíce na krku smyčku. Loupežníci se pranic neohlíželi, že se provaz napíná, a spěchali za svým cílem. Pomoz Bůh nešťastným dědečkům! Nikdo s nimi nemá slitování. A přece! Mikoláš se ohlédl, a vida je pokryty blátem a sněhem (neboť padali jako děti nenavyklé chůzi), poručil, aby přeťali jejich pouto.

„Řekni mi svoje jméno," děl, přibližuje se Kristiánovi.

Hrabě mu odpověděl vkládaje do svého hlasu všechnu naději. Tu se stalo, že se loupežník rozpomněl na noc, již prodlel v poutech. Zjevil se mu řetěz vězňů, mladičký Kristián a Marketa Lazarová. Byl šťasten jako rybář, jehož síť se naplnila. Byl šťasten, že se věci změnily, že vleče mezi svými hřebci ty, kdož jsou očekáváni. Vracel se jako muž, který přináší dar. Byl šťasten a obrátil Lazarovu hlavu k sobě, opakuje Marketino jméno. Avšak Lazar byl blízek pláči. „Dejte jim koně," děl vposled udivený loupežník, „dejte jim koně, ať se rozveselí, dejte jim jísti, dejte jim vše, co jejich srdce ráčí!"

Ach, vy blázne, copak to máte ve svém pytli? Ohryzanou kost! Cítíte se bohat rozdávaje a spravedlnost rozšiřuje vaše čelo. Vy bloude, váš výklad zkrušuje čtenáře, který zná lidské mysli.

Slýchávám, že jsou mořští živočichové, kteří vůkol sebe zbarvují vodu tak, že je po chvilce modrá či růžová či hnědá. Barviti moře! Barviti čas! Jakže? Nepropůjčuje duch svůj odstín lidským skutkům? Kdeže jest čirost pravdy?

Jistota, s níž jsem počal vypravovati, se ztrácí a věru již nevím, smím-li přikyvovati jarosti loupežníků, neboť Lazar pláče. Smrt ve rvačkách neroztesknuje, slzičky milenek, které oplakávají panenství, vámi nehnou, avšak nářek starců? Není to vaše pře? Nebyla vaše naděje vykradena právě tak jako naděje tohoto

Lazara?

Básník, jehož se znovu dovolávám, řekl, že se mnozí z nás podobají povříslu, které zachovává tvar a podobu kruhu, jako by dosud obkružovalo pas ztraceného snopku.

Věru nevím, jak se věc zalíbí poraženeckému vkusu, ani jak se zavděčím mudrcům u kamen, ale přidržuji se Mikoláše, přidržuji se toho sveřepého chlapa, abych pocítil nádherné žilobití pod jeho kůží. Nastokrát žel všech nešťastných, avšak tomuto vypravování se zalíbilo v Mikolášovi, ať je třebk ukrutník. Když byli loupežníci již blízko tábora, sesedli z koní a stoupali do příkrého vrchu. Již je zhlédla Kozlíkova stráž. Již je slyšeti hluk zbojníků. Hrabě poslouchal, a rozeznávaje veselost v těchto zvucích, nabýval znovu naděje. Přidal trošíčku do kroku a předešel Lazara, který na rozdíl od tohoto otce váhal. Chudinku stisňoval loupežnický hluk, byl věru strach, že se Marketě vede zle.

Vážení pánové, dočista nevím, jak se přihází, že vraha děsívá vražda a zloděje zlodějny. Lazar byl přece poberta, bůhví, kolik posmejčil dukátků a kolik objal dívek, když byl ještě mlád, ale teď z upřímného srdce vzývá Ježíše Krista a volá po královských zákonech. Nechť si však je takový či onaký, slyšeli jste jej mluviti. Nyní je řada na hraběti Kristiánovi. Ať se zvedne a ať dí svému synovi i loupežníkům vše, co se jim rozhodl říci.

„Můj synu," pravil přemáhaje bolest, „nalézám tě na zlověstném místě jako pekelníka, nalézám tě nezraněna a bez pout. Vidím jasně a rozeznávám jasně? Jsi to ty? Jakási běhna se dotýká tvého ramene a co chvíli tě líbá."

Mladý hrabě odpověděl tak, že z jeho odpovědi snadno poznáváme nevinnost mladistvých lásek a tělesného obcování. „Tatínku, ty jsi se zmýlil!" řekl Kristián, „to není nikdo jiný než Alexandra! Je to moje žena."

Jak snadno uzavíráme sňatky, je-li nám devatenáct let.

Chtěli byste slyšeti, co na to odpověděl starý pán? Rozumí se, že lál a že se synáčka pěkně zřekl. Vidím, jak se mu otřásají ramena a jak jím zmítá hněv a samolibost starců. Co naplat, svět nic nedá na jeho rozvahu ani na zlost. Stalo se, že je Alexandra těhotná. Nezaměňujte věci života za vřavu hříchu, nestraše milenců! Hle, Kristián neví, co by odpověděl, stydí se, a Alexandra je tichá, je tichá a čeká, co se stane. Potlačuje svou hrdost a slyší chvatný krok hněvu, jenž jde blíž a blíž. Ještě jen maličko milenec pochybí, stařec maličko zvedne ruku, a Alexandřin obušek dopadne na jejich hlavy. Věřte mi, že se zlomí tou ranou, neboť Alexandra je loupežnická dívka a dobře vládne zbraní loupežníků.

Bylo rozkoší viděti, jak postihuje smysl cizí řeči, bylo rozkoší viděti, jak jí stoupá krev do tváře, bylo rozkoší viděti její paži, rameno a zápěstí. Je připravena.

V tu chvíli Kozlík a Lazar právě domluvili a Kozlík se chce otázati Kristiána a volá sem i biskupova sluhu.

„Pověz ve svém jazyku, že chci, aby hrabě odpovídal, proč chodí s hejtmanovým vojskem."

Alexandra se nadála, že vyslechne dobrou omluvu, a váhá s pomstou. Všichni poslouchají a tři Němci, střídajíce se v řeči, rozprávějí mezi sebou. Nyní pak mluví sluha:

„Pane, hrabě Kristián přichází s královským listem. Král káže, aby hejtmané a města a vesnický lid a všichni, kdo mu jsou povinni poslušností, byli hraběti ku pomoci. Hledá svého syna. Hledal jej dlouho a nalezl právě u tebe. Nebude ti odpovídati, dokud jej nepropustíš."

„Král," řekl opět Kozlík, „je pánem nás všech, ale válka je pánem králů. Válka je soudcem mojí pře. Viděl jsi biřice, který mě hledal s půhonem, či vojáky? Nebuď pyšnější, než se zajatci sluší. Rozbiji pluk a budu mluviti s královými vyjednavači před Boleslaví. Možná že budu poražen a zabit, nevíme, co nás čeká. Stane se po právu vítěze, avšak ty roztrhni a pusť svůj list, ať jej unáší vítr. Řekl jsem, že je válka, a nemám písaře."

Tu se Alexandře vysmekl obušek z ruky, nechť si leží, kam dopadl. Byla si jista svým Kozlíkem, jenž nepopustí a odvrátí od dcerušky neštěstí i pohanu.

Hrabě se skrze svého sluhu opět otázal, co pán loupežníků zamýšlí učiniti s poddanými císaře, a Kozlík mu odpověděl týmž prostředníkem:

„Král vládne krajem až k pomezí. V tomto lese, který je můj, uslyšíš jeho trouby, avšak co vím o císaři? Nic! Neposlouchám!"

Hrabě Kristián byl vzteklý muž a nad jiné vyhlášený

hrdopýšek, rozhněval se a hněv ho vrhal proti Kozlíkovi, jako nás vrhá hlad na sýpky. Mluvil páté přes deváté a věru se nesluší, abychom poslouchali, co říká.

Nyní však nastala chvíle Alexandřina milence; pobádán ostruhou otcova hněvu chtěl něco říci, ale sluha se zdráhal opakovati to, co si přál. Jak se zachová? Políbil svou milenku na ústa, vzal meč a stojí po Kozlíkově boku. Je zajedno s loupežníky.

Starému hraběti svázali ruce. Stál opodál svého syna, který překládá zbraň z pravice do levice a hledá tiché slovíčko usmíření. Je viděti Lazara a Marketu Lazarovu. Hle, truchlivý výjev, hle, zhřešivší dceru a otce, jenž jí klne. Náš duch je tak snadno šálen. Rozpoznávám vzrůstající přátelství pro oba starce, ale není křivda, která se jim děje, klam? Zasluhují lepšího osudu? Ach, cožpak my víme, jest však nad pochybu, že jeden byl licoměrník a druhý hnidopich.

Za nedlouhou chvíli po těchto rozmluvách a nedlouho potom, co byl Lazar odešel, uviděla Kozlíkova stráž, že se blíží vojsko. Loupežníci na obrátku zapomněli na zajatce a s křikem a spěcháním se měli k bitvě. Jejich srdce přihořívala horlivostí. Již je viděti jízdu, již se královská pěchota řadí pod návrším a již zaznívá hlasatelův roh.

Zbojníci tisknou úžeji své zbraně, luk k prsům, meče na tváře. Dech litice jim zkalil rytířská hledí a po jejich brni bych mohl psáti prstem. Slyšte, lučištník se dotkl tětivy, jež zní jako muška vašich snů, jako čekání a bzukot kostky, která v hernách se otáčí kolem vlastní osy. Vypadněte již proti sobě.

Vypravování se vrací k tomu, co již bylo řečeno.

Nyní se stane vše, co se stalo.

Ušlechtilý Pivo se blíží k pahorku a tasí meč, meč králův. Srdce starého hraběte Kristiána se šíří. Vizte s ním tu dobrou pěchotu. Jejich břicha vydechují zároveň s hrudí jako břicha mlynářů a břicha příslušníků jiných počestných cechů. Mají mastné kapsy a kolem límců políčka potu. Jsou švarní jako krčmář od Svatého Apolináře. Toť vojenský lid, v němž se hraběti zalíbilo. Toť lid nesoucí ve svém volátku naději, tak jako ptactvo nosívá zrní. Ach, vy pupkáči, vy měchy křiků a chrápajícího spánku, jak jste líbezní! Jaká záruka práv!

Kristián se nezdržel úsměvu vida úpatí vrchu pokryto pracemi těchto chlapíků a znovu si přál, aby jim Pán Bůh dal vítězství a vnukl takovou sílu, jíž se nic nevyrovná.

Tohle je podařený žert! Loupežníci mě jali, a dříve než uplyne hodina, budou sami jati hejtmanovým vojskem. Bůh pevně drží svoji vladařskou hůl a dobře vládne nad svými hrabaty! Vidím, jak Pivo útočí. Vidím, že ten spratek, který mi vázal ruce, je zabit. (Vězte, pánové, že to byl Simon.) Vidím, jak jeho zpřeházená útroba kouří. Vidím trojnásobný pád chlapů a svištící meče vojska, jež bijí jejich hlavy. Vidím vyžlátko řítící se shůry dolů do středu vojska. Vztyčuje se jako opovržený hmyz a mává dýkou. Pošlapte ji koněm. Ať scípne rod čarodějnic a chocholatých bláznů!

V tu chvíli padla hlava devítileté slečny Drahomíry.

Kristián na chvíli ztichl, a když se obrátil, spatří svého syna, jenž napíná luk a nevypouští šípů. Jest mi vypravovati věci, které se nezdají uvěřitelny. Ale nechť se stane zadost pravdě. Lučištník plakal. Po jeho tváři stékaly slzy a Alexandra se od něho odvrátila nikoli snad s pohrdáním, ale se strachem. Zdálo se jí, že jde o truchlivé třeštění, jež přeskakuje z člověka na člověka. Před krátkou chvílí viděla Marketu Lazarovu, která pohlíží se sladkým úsměvem na zkrvavený sníh. Alexandra se pokřižovala a vzavši meč do obou svých rukou vběhla do vřavy vojáků. Zabila nejednoho za této bitvy.

„Bože," řekl starý hrabě, „chceš, aby tato litice byla tvou ženou? Kdybych měl ruce volné, prohnal bych jejím hrdlem oštěp."

Kristián nic nedí, otvírá svoji pěst a pouští hrst šípů. Jeden jediný se zabodl do sněhu a zbytek se válí na zemi. Kristián je pošlapal a jsou již věru k nepotřebě.

Nyní mluví otec k svému synovi, jako mluvívá dospělý muž s dospělým mužem. Chválí mu saskou zemi a saské hrady. Slovo za slovem mu ukazuje otcovskou lásku a panny, jež žijí v mlčení.

„Nešťastníče," praví, „nastup v dědictví a nedej, abych zemřel zděšen."

Dobrá, tvůj syn tě slyší a učiní ti po vůli.

Boj zuřil s novou silou, hrabata měla tedy pokdy. Kristiánovo pouto je přeťato, ale stařec si žádá, aby provaz ovinutý na zápěstích zůstal nedotčen. Což kdyby vzbudil pozornost loupežníků? Věc je hotova, ale její strůjce utíká pryč a nechce se vrátit. Popadl luk a šíp, který mu vyhradila smrt čekající na jednoho z královských vojáků. Teď vypustil střelu. Vizte ten crček krve, vizte to užaslé oko a pád. Již zítra Kristián v neskonale traplivém vyšetřování svých činů se rozpomene na tuto chvíli a bude křičeti úzkostí. Přejte mu útěchy, neboť je na svá mladá léta velmi nešťasten.

Boj se chýlil k svému konci. Paní Kateřina viděla, že přišel čas odděliti od pokladu věci nejpotřebnější, a rychle to učinila. Ženy vázaly svá pacholátka do roušek a do sítí. Obkročovaly koně a Kozlík jim ukázal cestu. Nejpříkřejší svah vrchu byl mimo válečné pole. Hle stezičku záchrany, kterou střeží dvě řady chlapů. Dvě řady! Není jich více než právě šest. Alexandra poslouchá a Marketa poslouchá, avšak Kristián se nemá k činu. Jeho otec se zmocnil meče a neskrývá, že je prost pouta. Zdržuje synáčka, křičí a mává loupežnickou zbraní. Alexandra však nutí svého milence k pospěchu, tu starý neduživec zvedá ruku, aby ji zabil. Dívka je rychlejší a udeří hraběte obuškem rovnou do prsou. Kristián padá a milenci utíkají.

Bože, jaký žal počítati mrtvé! Alexandřin hřebeček se jich děsí a skáče popuzen. Tři bratři leží tváří k nebi, ach, podoba třikrát opakovaná, tři brady rozdělené důlkem, tři velikolepé nosy, jež snadno poznáte. Kdo jich nelituje? Kristián! sveřepý hrabě, jenž vstává z mrákot.

Jeden z posledních sestoupil Mikoláš, jeho kůň padl na zadek a zůstavuje za sebou závratnou stopu. Toť pekelný sráz, ale u paty svahu je nad něj děsnější místo. Pod úbočím se černá nové tratoliště a podle něho leží dětská mrtvolka s rozhozenými údy. Mikoláš přejel, Bůh jej provázej!

Stalo se, že mladý hrabě Kristián seskočil dolů na zem dříve, než Alexandřin kůň dosáhl pokraje skaliska.

Žel, Alexandra se již nemůže zastaviti, neboť v tom okamžiku cítí svist prostoru a mráz, který běží po páteři až k mozku. Cítí závrať pádu, dopadnutí a smyk, z něhož se procítá jako ze mdloby.

Jaký žár a jaká živost byla v tomto útěku, jaké odhodlání! Po několika skocích, když kůň opět dosáhl rovné země, Alexandra poznala, že se Kristián vrátil.

Domníváte se, že mocné dojetí stráví sílu dívčina srdce, bojíte se, že jí dojde dech? Nikoli, jede dál a dál. Je plna zármutku, ale protože je dcerou Kozlíkovou, necítí nežli hněv a její obraznost beztak obludná se rozjitřuje představou pomsty. Ach, porušená podoba Kristiánova bude vytržena z tohoto srdce. Amazonka bije koně, který klopýtá, bije koně a ponouká ho k běhu ještě bystřejšímu. Oč je šťastnější než její milenec! Kdo ho utěší, kdo mu řekne povzbudivé slovíčko. Tuším ve skloněné hlavě opět rozjímání, ale neváhal bych rozraziti tlum pochyb, neváhal bych vysoliti mu zároveň s loupežníky pěkných pár ran na zamyšlenou zadnici. Zraditi milenku! Vy byste, pane hrabě, zasluhoval!

Ale nechte jej, ať si posedává po kamenech a žižlá prsty.

Hlava šestá

Hle, šlechtic vší měrou dokonalejší, než je Kristián, hle, Kozlík! Leží opodál mladého pána a má již duši na jazyku. Ušlo mu mnoho krve, je bledý a má stažená ústa.

Nevím, jsou-li zaznamenány příklady větší neoblomnosti. Kozlíkovi byla zlomena ramenní kost. Kůže a svaly byly roztrženy kopytem, bok rytířův mokval krví, nešťastník se nemohl pohnouti bez hrozných bolestí, ale to vše nezastrašuje jeho ducha. Mocná přetvářka zadržuje výkřiky, mocná vůle jej budí opět k životu, mocná vůle jej má k činu, jehož by se měl varovati.

Po děsném úsilí nalezl nůž. Již vidí přicházeti královské vojáky. Ech, bude mrtev, než dojdou. Opírá nůž o to místo na svých prsou, kde je slyšeti srdce. Nedostává se mu však sil. Tato chvilička tak rozhodná pro další vypravování byla zajisté předvídána a strůjce osudů k ní přivedl po křivolakých cestách Kristiána, snad aby aspoň jedenkrát se zasloužil beránek o vlka. Hrabě svedl s nešťastníkem o nůž zápas a vyrval mu jej.

V tu chvíli dojeli králóvi oděnci, a vrhnuvše se na Kozlíka, svázali ho. Nikdo nedbá ani bolesti, ani krve chlístající z ran a loupežník jim odplácí stejnou měrou. Spílá králi i jeho vojsku a nežádá si, leč aby ho některý zuřivý voják probodl. Ale co se tak vzteká a co se tak brání, vystane v jeho mysli pranepatrná tečka, zrnečko zubatého rozsévače, který je vmetává do lidských mozků, aby vzklíčilo, vydalo lodyhu, listoví a stín. Stín Smrti. To vše netrvá leč krátkou chvíli. Sloupce krve klesají k nižšímu místu a růžový mozek zbělá, jako zbělely zahrady mezopotámské.

Kozlík snad zemřel. Čtyři vojáci si zhotovili nosítka z kopí a z plášťů. Nalili mu něco vína do zprahlých úst a snášejí jej dolů. Jdou tak opatrně, jako chodí služtičky s nemocným neviňátkem, a ti dva, kteří stojí výše než dvojice prvá, přisedají na zemi a plouhají se po zadcích, aby zůstala neporušena rovina úmrtního lože. Složili loupežníka na vůz. Žije, či zemřel? Žije! Hejtman přiložil čepel před jeho ústa a zaradoval se, vida mlhu, kterou způsobuje lidské dýchání. Zaradoval se a řekl vojákům, že se raduje. Všichni viděli, že tomu tak jest, a měli o raněného dvojnásobnou péči. Starali se a počínali mnohou práci a mnohou rozprávku o věcech loupežníkových, neboť bylo po bitvě, a jako se stává po bitvách, na vojsko přikvačila rozpačitost a roztržitá péče.

Ti dobří chlapi! Teď by z nich nikdo nepromluvil o statečnosti, ani kdybyste mu slibovali ubytovací lístek do královské komory. Zdá se mi, že by se nejraději chopili košťat a do vůle zametali bojiště.

Pryč s krví, pryč s válečným řemeslem! Dejte jim opět spáti podle všelijakých ženušek, ať se vyptávají, zač platí v kraji pšenice, ať si vedou jako moudří lidé. Skýtněte jim času, ať se rozpomenou na slávu praporců a polnic, dovolte, aby se jim v míru zase zježily vousy, aby se rozkročili a aby do nich vešel chvastavý duch.

Vojáci pochovávali mrtvé a mezi ostatními pochovali malou slečnu Drahomíru, která byla sťata.

Nastal již soumrak a první tma. Hejtman rozkázal rozbíti tábor a kuchaři měli připraviti večeři. Byla zabita jedna z loupežnických kravek.

V tu chvíli Kozlík procitl a štěrbinou mezi plachtovím viděl temnou obrubu lesa a vycházející měsíc. Slyšel krok krávy a znenadání spatřil její rohatou hlavu s očima homérských žen. V paměti, jež se hrouží do časů jako studniční okov, v paměti tetované jehlou horeček, v paměti polovědomí, v paměti srdce uviděl shon kolem boků této krávy. Hle, smějící se děti, hle rozpustilce, kterak se tahají a prou o růžový cecík. Každý se ho chce zmocnit, ale nikdo není nad malou Janu. Vidíte, kravička teď stojí bez pohnutí a obrací hlavu k maličké děvečce. Vemeno hovádka se pod její ručičkou prodlužuje a opět zkracuje, již vyrazil crček mléka a zní o okraj nádoby, již stéká po dětských tvářích. Kozlík zaslechl sten zvířete a probral se k jasnějšímu myšlení. Vzpomněl si, že děti volávaly na zvíře jménem Lasička, a opakoval je jako chlapec.

Jeho vousatá huba vyslovila to jméno potřetí, a hle, přicházejí stádce krav, sbližují se a trou bok o bok, sbližují a opět se rozptylují chřestíce zvonkem a růžky.

Probůh, jsme na Roháčku, vidím čápa klapajícího zobákem a rybníčky plné vody, vidím chlupatý stoh, nepořádnou zástěru sadu, vidím domovní průčelí, průčelí, na němž slunce ukazuje devátou hodinu zrána. Loupežník je doma. Věru, není zde žádných znamení hrůz a nástroje míru se válejí po nádvoří. Vidím hubenou kočku, jež pokukuje po ptačátkách, a loupežník za ní hází hrudkou a tleská. Potom usedne na rybniční hráz, aby lovil ryby. Je slunečno a chlapík mžourá a zkracuje svůj hákovitý nos a dýchá, jako dýše usínající stáj. Vidím hanebně zauzlený poplavek a prstence drobných vln. Vidím, že loupežníci bývají tiší a mírní. Vidím, že bývají lítostiví, neboť víte, co učiní s ouklejem, jenž se třpytí na konci vlasce? Vrhá jej do vody!

Vzácní pánové, byla-li Kozlíkova duše narudlá, měla zajisté blankytný pás a na jejím rameni zůstal jasný dotek mlynáře, jenž nás vine k svým ústům.

Ech, vezmi ďas vypravování o bláznivinách, kdopak má chuť sledovati loupežníka, jenž má takto uzpůsobenou duši. Toť se ví, teď, když trest již tasil svůj služební meč, bude se odvolávati na své rybičky! Vizte zakukleného holomka po boku právoznalců. Stojí tam, meč mezi stehny a tlapu na jilci. Dejme si zajít chuť na voolookou krásu!

Když byl již večer, stalo se opět, že Kozlík procitl k plnému vědomí. Chviličku poslouchal, rozeznávaje ruch tábora. Mimo vůz přešlo několik oděnců a jeden z nich se zastavil, aby zvedl plachtu. Kozlík zavřel oči, chlap postál, jako lovci stávají nad medvědem, a jako oni kýval hlavou. Byl usmířen.

Po krátké chvíli uviděl Kozlík opět hlavu, jež se hrouží do jeho temnoty. Věru, mimo tři či čtyři bručouny, jimž není pomoci, zhlédne celý pluk loupežníka. Jeden o něm dí, že nadmíru dobře vládl mečem, jiný, že vodil nevyrovnatelně podjezdy, a opět jiný, že se dovedl ztratit jako špendlíček v žírné louce. Kozlík chtěl vstát, ale jeho sil ubylo do té míry, že se sotva pohnul. Nemohl již věřiti na útěk, a tu mu bylo útěchou představovati si, jak jeho synové utíkají a jak jeho ženské utíkají.

Viděl kypící a rozpleskující se zadek, cíp pláště, vlající vlasy a koneček povijanu, viděl svou chasu utíkati, jako by ji andělé vedli za ruku. Tyto myšlenky křísily starobylé nadšení loupežníkovo, usmíval se a přes úpění zhroutivšího se těla byl vesel.

Prozřetelnost drží vždy ve svých rukou vlákno osnovy, kdoví k čemu je to dobré, kdoví jak vzácnou smrt nechystá těm, kdo utíkají, a snad právě jejich pronásledovatelé bídně zahynou. Odmyslíme-li si neblahou ránu a zákon, jenž trestá na hrdle Kozlíkovy skutky, pak věru není proč naříkati, neboť všechna vítězství loupežníkova předvídala tuto porážku. Porážku, jež není beze cti.

Již neobnovíme výbojů, za něž se sedí v šatlavě, již jich neobnovíme, ale ani v míru není veta po statečnosti, Kozlík se dá přemoci leč smrtí.

Zatím noc pokračovala a bylo již deset hodin. Tábor spal. Nechť si tedy spí. Nechť stoupá povodeň noci.

Hrabě Kristián a mladý hrabě Kristián seděli ten večer a tu noc po bitvě u ohně. Starý si rovnal záda a třel si nos. Proklatě, kterýsi neomalený loupežník jej natřel jednou ve směru padajících slzí a podruhé v rovině huby. Bůh ví, že si toho ani nevšiml! Ach, tato povrchnost neučiní bolest méně palčivou. Hrabě stenal, a když bylo slyšeti jeho naříkající dech, jeho syn potrhl rameny a vstával. Bylo jasně viděti, jak mu rudnou uši. Potlačoval jen stěží vztek. Takhle se, hrome, fňuká?

Pan hrabě Kristián by nejraději posadil pana hraběte staršího Kristiána do štoudve s vodou. Milý hochu, učiňte, aby vám hněv neprodlužoval pravice do nemožných délek, vidím, že máte předlouhou paži byzantské světice. Svědí vás ruka? Přiznejte se,

65

že se stydíte spíše za sebe než za svého otce. Vy lehkomyslníče, vy licoměrníku, hledá vás milenka! Její oči jsou rozšířeny tmou. Chodí po nočním lese a volá: Kristiáne! Kristiáne! Když táhlo k půlnoci, vzal mladý hrabě svůj meč, a s nikým se nerozloučiv, odešel z hejtmanova tábora. Chtěl vyhledati loupežníky.

Není mi nejasno, že Bůh zmátl mysl tohoto Kristiána a proměnil ji právě tak, jako hospodář proměňuje kohoutky na kapouny. Kristián jakživ nevěděl, co má udělat. Hned si přál to, hned ono. Býti hodným synem a opět milencem. Rytířem v krásné brní a na obrátku loupežníkem, jenž nemá leč obušek a loupežnickou pýchu. Hned by chtěl býti líbezným malířem, hned mnichem, hned poustevníkem či vojákem svatého hrobu či španělským otrokem, jenž pije ze skořepiny, či tulákem či králem v Sasích. Kdo se vyzná v bláznivé mysli?

Kristián jde lesem a pláče, křičí a pláče. Vykřikuje Alexandřino jméno a naslouchá, kdy se již ozve radostné zavolání: Kristiáne! Jsem zde, můj miláčku!

Hrabě chodil až do bílého dne a nenalezl věru nic k snědku. Hanebná končina! byl na cestě od půlnoci do svítání a od svítání opět do noci. Zemdlel a chtělo se mu pít, a žízně přibývalo víc a víc. Slyšel, jak se lesní zvířata smýkají po kmenech stromů, slyšel sýčky a stoletého havrana, jenž je jednonohý. Vřeštivý strach se houpal na haluzích a skákal shůry dolů a skákal dál a dál.

Jak se Kristián bál! Tu padla rána, tu to žuchlo, jako by se byl přetrhl provaz s oběšencem. Děs zaváděl hraběte dále, než uhadujete. Zbavil jej rozumu. Jakže? Nebyl tento nešťastník spíše nemocen? Což by se zbláznil ze svého bolestínství? Což byl opravdu takový strašpytel? Nevím, toho času leželo v lese ještě něco sněhu. Kristiánova stopa byla patrná, podobalo se, že je to stopa bláznova, vedla od stínu k stínu jako stopa poledníc a divých ženek. Bojím se, že Kristián zešílel či že onemocněl nemocí, jež jej učinila rovna bláznu. Řekl jsem již, že jeho duch býval mdlý a kolísavý. Zajisté se neudály věci příliš strašlivé a nebylo proč schnouti zděšením. Kristiánovi se však nedostalo přízně jíti a pískati si cestou. Ať tedy již se pominul rozumem, či ať onemocněl nějakou zlou horečkou, je jisto, že chodil po tři dny po Šerpinském hvozdě a že byl velmi zubožen.

Zatím se stalo, že paní Kateřina a Kozlíkovi synové a Kozlíkovy dcery se sešli na místě, jež bylo určeno. Útěk je rozptýlil po vší končině lesa, ale znali převýtečně ten hvozd. Převýtečně znali všechny stezky v tom lese, a když se podobalo, že je bezpečná chvíle, obrátili své hřebce k dubině, které se říká Opojení. Blížili se ze všech stran a jako myslivci šli opatrně. Je slyšeti soví houkání a hlas holuba, neboť loupežníci se dorozumívají řečí zvířat a ptáků. Neskrývejte se, místo je dočista chráněné a vůkol je bažina, k níž nikdo nepřichází. Jan stojí při kose přechodu a mává šátkem, aby vjeli do potoka a hnali koně proti proudu. Země byla toho času velmi vlhká a kopyta se hluboko vrývala. Kdyby deset koní projelo touž cestou, zůstala by stopa po této jízdě až do příštích dešťů. Žel, loupežníci jsou vzdáleni stavu milosti, ale Bůh vložil do všech lidí něco ze svého srdce. Všichni ti synové a všechny dcery milují svoji maminku. Jsou nevýmluvní a místo laskavého slova se každý škaredí, ale prosím vás, jen na to nic nedejte. Sešli se pod záminkou pomsty, ale možná, že je svádí láska, možná, že každý z nich chce viděti paní Kateřinu, jež pokyvuje hlavou a je smutná.

Změnivše Roháček za pustý les jsou loupežníci strašnější, než jak bylo vypravováno. Leckterý je poznamenán novým škrábancem, leckomu zhnisala rána, ten se šklebí, obnažuje bezzubou dáseň a onen pozbyl oka. Jsou na vychrtlých koních a slyším, že nejkrásnější klisnička pokašlává.

Vážení pánové, ti chlapi se zřídili, ti zřídili svá zvířata! Jejich rány planou jako znamení při cestách a jsou strašlivé. Jan byl nejstarší z bratří, a když nastalo ticho a když všichni poslouchali, mluvil na místě Kozlíkově.

„Náš otec byl chycen a čeká jej strašná smrt. Poznávám, že jej hejtman povleče k soudcům, aby mu přiřkli potupná trápení a popraviště. Pluky královy se rozmnožují a nás zbývá jenom maličko. Jenom maličko nás zbývá a maličko nás dělí od smrti. Již se rozlučme, neboť je čas se rozloučiti a skrývati se po tři týdny.

Jeden pacholek a synové Burjanovi spatřili, jak se Kozlík zřítil do rokliny. Jeho zranění jsou zajisté těžká a sotva se uzdraví do

tří týdnů. Kdyby Kozlík mohl vsednouti na kůň, neváhal bych
udeřiti hned na vězení. Ale nevěřím, že je tomu tak, Kozlík
nevládne rukou a nemůže obkročiti koně, neboť jinak by nebyl
zajat a nezůstal by naživu. Pamatujte na moje vyzvání: Třetí
neděle vytrhnete ze svých skrýší ozbrojeni tak, jak nejlépe se
udá. Vejděte různými branami a každý buďte sám až do hodiny
útoku."
    Když paní Kateřina vyslechla tuto řeč, zalomila rukama a řekla
Janovi:
    „S jakou zaslepeností to mluvíš, Jene, jak zvráceně prokazuješ
svou synovskou lásku. Jakže? Chceš udeřiti na vězení, které je
kamenné a pevné? Chceš na ně udeřiti se svými bratry a
nedbáš, co se stane s pacholátky? Proč jste nás měli k tomu,
abychom utíkali? Ach, přála bych si nebýti s vámi! Přála bych si
zůstávati po boku Kozlíkově, ale štěstí od nás odstoupilo. Štěstí
a slavná smrt s otcem. Vím, co by Kozlík tobě a tvým bratřím
rozkázal; řekl by vám, abyste se rozptýlili po sousedstvích a
nevraceli se, pokud by trval hněv králův, avšak nikoliv déle!
Nikdo by nesměl zůstávati déle mimo Roháček, jenž pustne,
jenž byl rozvalen. Učiňte, aby byl opět zřízen, aby byl
obnovován. Jděte a vraťte se v přikázaný čas."
    Ale synáčkům se věru nechtělo zůstaviti Kozlíka napospas
sudím. Nemohli vyhostiti ze svého srdce žádostivost bojů a
šrůtek a láska jim vnukala novou zuřivost.
    Domnívali se, že dostačí, aby sekali svými meči do vězeňské
brány, domnívali se, že dostačí, budou-li šílení koně hněvu
mávati kopyty nad strážcovou hlavou. Brána? Věž? To vše se
jim nezdá ani trochu těžké. Jan chce provésti svou, a všichni
bratři mu přisvědčují a není slyšeti leč souhlas a řinčení zbraně
a svist zbraně. Srdce Kateřinino se zkormoutilo, vidí, že
nezadrží svých synů a že budou všichni pobiti. Vidí, že se
přihodilo veliké neštěstí, a její lítost poodlétá jako holubice.
Věru, jak může plakati, když zbývá několik chvil, za nichž snad
pohne těmi duby.
    Je to již naposled, co paní mluví k svým synům:
    „Ach, poslouchejte mě. Kozlík zemřel, a nezemřel-li, bude zabit
sekerou. Žádná síla jej nevytrhne ze smrti, žádná síla, leč síla
boží. Věřím v Ježíše Krista a bez přestání po něm toužím. Kéž by

byl svatebčanem na mojí svatbě, kéž bych na nebesích žila v starém manželství. Kéž bych zemřela zároveň s Kozlíkem, kéž bych zároveň s ním stála před Pánem, kéž bych mohla svědčiti o jeho laskavé duši. Kozlík je stařec a já jsem stařenka, což naplat, čeká nás smrt, avšak vy, moji synáčkové, se zachovejte naživu a pečujte o své děti. Kozlík hřešíval, jako hřešívají vojáci, dopřejte mu smrti, jež je odplatou za všechna provinění. Jeho duše bude stoupati vzhůru a s dušemi spravedlivých usedne na plášť laskavého soudce, jako včely usedají na plášť včelařův." Jakže? Mluviti loupežníkům o božím království? To věru nevím, toť studnice, z níž není radno vážiti těmto chlapům. Zrývají zemi patou a mečem a nikdo z nich nezvedne oči od země. To je sveřepá chasa, hle, jak jsou jejich hřebci nepokojní, hle, jak touha prolévati krev otřásá celou smečkou. Vidouc kvap, s nímž přivolávají zkázu, kvap a žádostivost po krveprolití, vidouc hnusnou horlivost stínati, přistoupila Marketa Lazarová k paní Kateřině a řekla jí zvučným hlasem:

„Proč jim nevyčítáš, proč nemluvíš, proč jsi ustala tak záhy? Tvoje láska se upokojuje příliš rychle. Byla bys šťastna, kdyby zůstali, a jsi šťastna, protože odcházejí. Zaměňuješ lásku ke Kozlíkovi za lásku k dětem a odtud, co byl tvůj muž jat, žiješ, jako bys nežila. Chval nebesa a o světě mluv s pohrdáním. Mně však nebylo dopřáno dokončiti modliteb, odvrátila jsem se od tichosti nebes a moje duše uvízla v křovinách tohoto hvozdu jako Samson. Děsím se hlasu, jenž nám vládne z veliké výše, děsím se zavolání. Hle, kolem trůnu pobíhá kuřátko, jež vzroste v orlici, slyším otázku, která se mění v burácení, a v hloubi srdce slyším sykot. Proč jsem to učinila!"

Řkouc to, vrhla se Marketa Lazarová do Mikolášovy náruče. Plakala a mezi vzlykáním bylo slyšeti jen slova zpola pohlcená, jen kvil a skřípění hlasu.

Loupežníci nezamlčují svůj údiv a s trapností odstupují. Mikoláš zrudl a hněvá se. Hněvá se, ale přece se mu neuzdálo žalostící dívku odstrčiti. Je tak spanilá, je tak nešťastná a Mikoláš ji miluje. Poslouchá, co chce však Marketa říci?

Chce říci, že se neodloučí od hříšného štěstí, chce říci, že se již nevzdálí od Mikoláše. Příliš mnoho ztratila a již se všeho odváží. Půjde za milencem, jako chodívá psík. Zatracení a nezatracení, čest a nečest, hřích a nehřích, strázeň, rodina, hlad, pohroma, jež kvačí, vše je jí lhostejné! Vše se ztrácí, vše se propadá v propadlišti lásky. Objímá svého Mikoláše a láska ji víže, jako kotevní provazy vížou loď. Ach, nešťastné duše, které pohlédnuvše na sebe se zděsily, nešťastné poznání, jež rozběsňuje. Mohla láska roznítiti toto zoufalství? Marketa se podobá hořící ženě. Mikoláš roztrhne milenčiny ruce a káže jí, aby mlčela. Chce mluviti s bratřími, neboť čas naléhá. Jednají sami. Když se rozhodli, vystoupí Jan a hlasitě označí místo, kde jsou ukryty Kozlíkovy poklady. Nechť si je vezme ten, kdo zůstane naživu, nechť si je vezme ďas! Potom se nevýmluvně rozloučí. Jeden tře svůj meč a druhý uvazuje třemen, který je uvázán. Jdou po svých cestách, na východ, k severu, k jihu a na západ. Je viděti, jak sešli, hlad zvětšil jejich oči a koně div nechřestí kostmi.

Paní Kateřina jde za Janem a Alexandra s Marketou Lazarovou následují Mikoláše. Schylovalo se k večeru, když došli na křižovatku. Loupežník se zastavil a praví k Marketě:

„Marketo, vrať se domů, vrať se po této cestě. Odvedl jsem tě z Obořiště proti tvé vůli, ale Bůh učinil, abych tě miloval. Kráčej s jistotou. Obměkči Lazara a čekej, až přijdu. Vidím nazpět vše, co se stalo, vidím, že mě návidíš a že jsi smutná. Jsi moje žena. Avšak nám, kteří jsme zbyli, je sváděti boj a vytrhnouti Kozlíka z vězení.“

„Vaše jména,“ odpověděla Marketa, „jsou počítána v pekle. Buďte prokleti, vy i váš meč, buďte mnohonásob prokleti!“

„Buďte prokleti,“ opakovala, a lkajíc a naříkajíc zlořečila dni, za něhož se setkala s Mikolášem, a zlořečila i sobě a svému srdci. Tu sestoupili z koní. Marketě se uvolnil vlas a oslepil ji. Pronášela zlověstná a žaluplná slova, krákala jako pták letící v temnotě.

Mikoláš jí položil ruku na ústa a přikázal jí, aby utichla, řka: „Proč se rouháš? Zmlkni! Zmlkni, nešťastnice, Bůh ti naslouchá.“

Na jeho skráních naběhly žíly a to věru bylo zlé znamení. Podobalo se, že jej ovládne hněv. Odhodil meč na zem a vztáhl ruku, aby stiskl milenčin chřtán. Marketa již neměla promluviti.

Ach, ze všech serailů, ze všech kůrů, ze všech knížectví žen

žádná nebyla tak krásná, jako je Lazarova dcera. Mikoláš ji
miluje. Vine ji k sobě blíže a blíže. Vdechl výpar její hlavy,
dotýká se jejích rukou, zkrvavených rukou, mdlých paží, rukou,
ručiček, jež zešlehala lesní houština. Ani zbožnost, ani rouhání,
žádný zvyk a žádná myšlenka je nerozloučí. Loupežník se
nakloní k milenčinu uchu, aby jí řekl slůvko. Jaké slůvko?
Bláhové, marné, nicotné. Slovíčko bez významu pro všechny,
kdož nejsou zamilováni. Probděli poslední noc a Alexandra jim byla nablízku. Ráno se
rozloučili a Marketa Lazarová se měla dáti na cestu a vyjíti z
lesa. Ale opět se jí nechtělo, opět prosí a opět žádá, aby mohla
zůstati či doprovoditi Mikoláše aspoň ke skále, jejíž jméno je
Divina. Milenec svolil. Jejich koně popásajíce se šli zvolna, avšak
kůň Alexandrin spěchal. Netrpělivá jezdkyně jej pohádala
vpřed, pranic se neohlížejíc, kde je její přítelkyně. Alexandra
pospíchá, aniž by chtěla někam dojíti. Její duše byla
zachmuřená.

Tam, kde je nám hledati jadérko bytosti, jadérko podvědomí,
citu, vidění a slyšení, jadérko řeči, jež u každého člověka je jiná,
jadérko zabarvení, odlišnosti a shod, v tom místě, v té tajuplné
končině těla, slyšela šumění a marné slovo, jež opakuje zobák
malomoci. Jak často bychom chtěli vysloviti nevyslovitelné, jak
toužíme vtěsnati v jedinou chvíli to, co nemá času! Vy
starodávné povídky o výpravách k vlastnímu srdci, vy povídky,
přispějte jí, ať se zvedne stavidlo řeči! Ať skane zajíkavé
slovíčko na její jazyk!

Ach, Alexandra mluví sama k sobě a vše, co mluví, je plno
příhod, které se udály velmi daleko. Toť bájivé hoře milenců.

Asi po hodině jízdy zaslechla Alexandra jakýsi zvuk. Naslouchá,
věru, není to ani chrochtání kance, ani vlčí kvil. Podobá se, že to
pláče člověk. Sevře obušek a popojíždí k houštině.

Probůh, toho nenadálého setkání!

Domníváte se, že uzřela srnu okusující pupence jívy? Či
včelařícího medvěda? Či rysa nad zbytkem havraních
vnitřností?

Je to Kristián! Zešílevší Kristián, jenž si okusuje prsty.

Alexandra se zastavila a čeká, co se stane. Změť strachu, příval
lásky, příval hněvu, hněvu a lásky mění nešťastnici, jako

mračno a slunce měnívá skálu. Podobá se, že chce obejmouti svého ženicha, chce si jej podržeti navždy.

Říká se, že lidský skutek je výrazem duše. Jaká odporná lež! To, co je v naší mysli neznámé a ukrutné a vlčí, to krvavé strašení se mozku, jež způsobuje, že tělesná socha sama mává mečem, to zuření mysli a těla vedlo Alexandřinu ruku.

Stalo se, že Kristián zešílel. Válí se v ostruží. Horečka pokryla mu ústa boláky. Křičí a sípá, ale tyto zvuky nezní jako řeč a neslyším mezi nimi jména Alexandřina. Nešťastný Kristián! Jeho tvář se podobá tváři zatracencově. Je bledý, upírá oči na jedno místo. Toť pohled vrahů a bludařů a bezbožníků, toť pohled sýčka. Má psí koutky a chlemtavou hubu kancovu, má ostrý a pohybující se nos proklatce, jenž pozbyl jasného rozumu. Lomí rukama a křičí co křičí.

Zajisté nepochybujete, že se shovívavost svaté Trojice odvrátila od toho člověka. Alexandru pak šálil hněv a zhrzení. Je ukrutnější než vy o sílu svého hněvu. Pokročila zvedajíc obušek, neptala se a nic neuvažovala a v úžasu či vzteku vedla ránu na neduživcovu hlavu. Kristián padl a leží, drže sepjaté ruce u svých úst. Za krátkou chvíli zemřel.

Ach, jak byly osudy obou milenců v sebe zapleteny! Chtěli žíti pospolu, ale nedostatečná stálost a nepevnost manželova způsobila, že paní propadne peklu. On pak věc již zaplatil pozemským životem.

Sotva však zemřel, úděsné okouzlení bylo zrušeno. Alexandra prohlédla a vidí opět Kristiána tak, jak býval. Vidí, že je spanilý a přesličný, vidí, že zhřešila, a hrozné trápení a něžná láska ji vrhá k nohám mrtvoly. Objímá bezduché tělo a pláče, mrtvý pokyvuje hlavou a dvě slzy se derou ze štěrbiny jeho víček.

Jaká prohra, ó géniové řeči! Ti dva milenci nerozmlouvávali, neboť jeden neznal mateřštiny druhého, byli němí, a držíce se v loktech, mluvívali jen vzdycháním a polibky a stiskem těla. Jak nevýmluvný je jazyk, jak nevýmluvné je básnictví lásky!

Slyšte však varhany žalu. Smrt vytrhla jejich jazyky jako ovečky z ostruží. Vdova a vražednice rozmlouvá jazykem národů a mrtvý píše své odpuštění prstem na rubáš.

Po chvíli Mikoláš a Marketa Lazarová došli na místo neštěstí. Zvedli Alexandru a měli ji k životu a k řeči. Nedovedla však odpověděti na otázky a plakala. Mikoláš jí svázal ruce a pohřbil Kristiána proti její vůli. Nemohl jinak. Předříkal modlitbu, kterou neopakovala, vzpomněl příhod skýtajících útěchy, ale žádná zhola nic nepomohla. Tu se mu zdálo, že lesní stíny skrývají tajemný prostor, plný oblud. Jeho duše se strašila a bála. Vyměnil několik vět s Marketou a ta s ním souhlasila. Hrozila se tohoto obcování živé s mrtvým a bylo jí úzko, jako je úzko spáči, do jehož těsného lože přilehl vlkodlak. Modlila se nahlas. Les neustal ve svém stavitelství a kladl stín k stínu, dokončoval kopuli temnot a rušil ji. Bylo k desáté a zvedla se světelná vlna, podobná radosti. Mikoláš, Marketa a Alexandra opakovali jméno boží a jméno Kristiánovo. Tu se vyskytla ve světelném sloupu srna, držíc v hubě trs zimní trávy. Patřila chviličku na hříšníka, postála a vzápětí, ukazujíc svěžest lesního zvířete, zmizela tichým skokem.

Mrtvý byl pohřben. Marketa odtáhla přítelkyni od čerstvého hrobu a pravila: „Pojd se mnou do Obořiště, Alexandro, žal a neštěstí je naším učením. Vykonala jsi ukrutný čin, ale není můj hřích ukrutnější? Pláčeš a tvůj pláč je tišší a tišší, pláčeš pokorně, ale moje srdce není očištěno. Vrať se se mnou, půjdeme jako slepci, kteří chodívají ve dvojicích. Tvůj hřích je skončen, a já v něm setrvávám. Jsi silnější, nalezneš cestu, nalezneš příkoří a trest, ale já budu souzena znovu a znovu."

Mikoláš se vyšvihl na koně, a cítě zvíře mezi svými stehny a vdechnuv vítr chřípěmi, byl opět loupežníkem.

„Ještě jsme se nepoddali, ještě se bráníme," řekl v odpověd, „nemluv o trestech a připravuj svatbu. Vzkazuji Lazarovi, že tě ubráním, vzkazuji Alexandřiným soudcům, že válka rozsévá smrt, neboť je učiněna hospodářem smrti. Kdo držívá meč, umírá od meče. Kdyby stál Kristián s námi, mohl být usmrcen svým otcem." Marketa se poznamenala křížem, cítíc, že nemá dosti sil, aby přidržela Mikolášovu duši.

Byl čas, aby se dívky daly na cestu. Vzdalovaly se mlčky a jenom Marketa se ohlížela. Mikoláš připoutal tři koně a obrátil se do hloubi pralesa.

Hlava sedmá

73

Nitečka po nitečce se splétá v provaz. Vidím, že přemnohé vlákno je rudé a přemnohé že je černé, ale nastojte, copan v rukách provazníka se stříbří! Není nad laskavé srdce tohoto dělníka osudů. Co vypravovati? Cesta jako cesta! Při všech stezkách jsou utěšené roviny a ostruží a stromy přímé a stromy nerovného těla, jež zkazil vítr. Dvě dívky jdou k Obořišti. Bůh je provázej! Naříkají, ale vy a já nic nedáme na jejich pláč a budeme je pobízeti k šťastnému konci. Ach, vy děvečky, jak jste bláhové, cožpak vy si myslíte, že jsou skutky, jež by mohly zděsiti strůjce skutků? Vy hrdopýšky, vy jehňátka hříchu, z uragánů zkázy se oddělil sotva větříček, aby pohnul vláskem nad vaší skrání. Vidíme, že je vaše vina pramaličká. Není větší, než kdybyste z neopatrnosti upustily koroptví vajíčko, v němž je zárodek života. Jaká je vaše cena? Jaká je cena vašich přátel? Jaká je cena lidí?

Nechci odpovídati. Viděl jsem umírající dítě, dělníka, který dokonával, blázna zavěšeného na mřížoví, slepce tápajícího po stěnách, škubající se útrobu, do níž lidé hroužili ruce, viděl jsem zoufalce, a nemoha uvěřiti na majestát smrti, ohlížel jsem se po andělu života. Kde prodlévá?

Nikde! Viděl jsem muže a ženy konající omrzelou a trapnou práci u hlav umírajících. Sotvaže se odtrhli, sotvaže přišli k hlavám nemocného. Jejich láska byla k nepoznání a jejich žal byl k nepoznání. Žal? Láska? Ano! Ano! Ano! Bůh vetkl za bláznivé čapky po jednom z andělských peříček. Nuže, lidský život má nesmírnou cenu lásky. Jaké štěstí, že Marketa s Alexandrou milovaly, jaké štěstí, že jim bylo dopřáno trpěti, neboť duše nemohou žíti bez bolesti. Krajina, kterou poutnice procházely, se již třikráte proměnila. Les a kopčité louky byly již za nimi. Vynořoval se dým selských ohnišť, komíny, střecha a vposled, a přece znenadání vesnická stavení. Cesta klesala. Učinily ještě několik kroků a tu se Alexandra zastavila, žádajíc, aby se vyhnuly vesnici, která dozajista je nepřátelská.

„Jakže," pravila Marketa, „skrývati se? Což jsme se neskrývaly již dosti dlouho? Vejděme, nechť se stane to, co nás očekává."

Podivno, loupežnice, jež nebyla opatrného ducha, váhala, a

Marketa Lazarová šla beze strachu vpřed. Odkud se vzalo toto odhodlání? Z pokory! Když vyšla z lesa, když přestoupila pohraniční písky, když se octla v kraji, v němž vládne slunce a hlas zvonic, nešťastnice nemohla necítiti dvojnásob svoji vinu. Přála si trestu a prahla po něm. Prahla po trestu, neboť trest byl pro tuto křesťanku tak příjemný a sladký, jako je lože a lázeň pro toho, kdo zemdlel.

Trest je úhelným kamenem odpuštění a vy, ó lehkověrnice, se kloníte na stranu jistot a milosrdenství. Nerozeznávám v tom pevnosti. Právě tak jako jste se rouhavě modlívala, nyní se rouhavě kajete. Zdá se vám, že klečíte v hanbě a ponížení před svým otcem, bijete hlavou o zemi, avšak na dně slzavého džbánu je odporný štír! Vidím ve vašem srdci slasti a blaho těch, kdo se ponižují, vidím štěstí milenek strádajících pro milence, vidím palčivé a hanebné štěstí, které skrýváte. Jste tak bláhová! Avšak Bůh se usměje vaší slabosti.

Marketa vešla do vesnice prvá a Alexandra ji následovala jen zpovzdáli, loupežnická opatrnost ji vedla stínem. Ale stalo se, že potkaly selku vedoucí dítě. Stalo se, že žena vykřikla a schvátivši svého synáčka do náruče běžela ke dveřím. Byly zamknuty. Tu se jala do nich bušiti pěstí a volala Kozlíkovo jméno, jako kdyby přicházel sám loupežník.

Netrvalo to déle, než je potřebí, aby se sedláček pohlédl, není-li nablízku nějaký chlapácký jezdec. A hrome! Shledav, co se to děje, a vida, že je vesnice jako když vymete, popadl lískovici a hajdy na náves.

„To bych se na to podíval, jářku, to si dám líbit! Slečinky z lesa kradou děti!"

Toť se ví, že si vykasal rukávy a že se do nich dal a bušil do nich ostošest. A co tak do nich bušil, přibývalo před stavením lidí s holí a sudlic. Byla z toho pěkná řež. Marketa Lazarová má, co si přála. Ach, Ježíši a Maria, ach Ježíši, kéž by se všechna přání splnila s takovou rychlostí! Jeden jí leží ve vlasech, druhý ji kráká za ucho, třetí ji maže přes záda a na zadek jim dopadá rána za ranou. Žel, uvědomujeme si jen zpola svou přirozenost! Pokání a nepokání, fí na to! Slečny by se rády zřekly vytoužené odplaty za hřích.

Alexandra se zmocnila jakéhosi kůlu či kyje a bije jím hlava nehlava. Vzápětí má kosu, jež vypadla z chrapounovy ruky. Vážení pánové, šaškoviny předcházívají děsným věcem. Sotva se to stalo, ťala loupežnice po rameni výrostka, který byl nejblíže. Alexandra opět prolévá krev! V témž okamžiku pozbyla její přítelkyně vědomí a zhroutila se k nohám pasáčka, jenž vykřikl lítostí. Krev a tento výkřik učinily, že jeden sedlák loupá svůj klacek, druhý se opírá o hůl, kterou mával, třetí si utahuje řemen, kdosi kašle a kdosi posmrkává. Stalo se utišení a ticho. Ten, kdo byl tak krvavě zraněn, se nazývá Čepela. Jeho tvář bělí a jeho duše proniká k ústům. Co si počneme, co učiníme s bezděčným vojákem? Vzali pavučinu a blanky z čerstvých vajec, jež lpějí na skořápkách, a přiložili je na ránu. Bylo slyšeti nevrlý ropot. A středem zevlounů a zarytých diváků, jejichž lítostivost je nesrozumitelná, středem rasíků, již by s vámi rozdělili srdce, se prodírá vesnický posměváček, věčný starosvat, právoznalec, šprýmař a lidový soudce.

„To si pamatujte, co vám povídám," praví a přivírá oči, „pamatujte si, že nemáme kupovati to, co potřebujeme, ale bez čeho být nemůžeme. Kdo překoupí, ten prohloupí."

Nu dobrá, dobrá, čekáte však na rozumné slovo? Vzácní pánové, náš mudrc neřekl nic podobného. Moudrý člověk ví, že je všude plno drábů a zaprodaných syslů. Soudce je pán, král je pán a šlechtici jsou páni. Kdo by si pálil prsty? Toť se ví, že nikdo nebude nic namítat, prožene-li jim sedláček někde v závětří kůži, ale dovolávati se jejich soudů? Ó ne, ó ne, ó ne!

Tento nepodobný žert, o němž si třeba myslíte, že je tupohlavý, tento zásah mudrcův způsobil, že lidé mohli opět mluviti a smáti se a že skryli svá překypující srdce.

Čepela dýchal a jeho duše opět sestupovala doprostřed prsou. Ach, onoho dne nikdo nevěděl, že je mu přisouzen jen měsíc života a že přece jen zemře od této rány.

Čepela dýchal, Marketa Lazarová byla opět na nohou, a tak si sedláci řekli, že toho namluvili dost a že přestanou. Vzali Alexandře kosiště a hnali obě slečny pěkně před sebou a ze vsi ven. Vedli si věru vesele, tu tleskajíce do dlaní, tu zpívajíce posměšné písničky. A všude se rozléhal hlas, že tvrdošíjné duše kašlou na pány, byť by i činili pokání. Namouduchu, bojím se, že při té cestě padlo ještě několik záhlavků, a je mi to líto.

Sotvaže byly slečny za humny, hrabě Kristián projížděl vesnicí, která proslula touto šrůtkou a dodnes se nazývá nikoliv Rybničná, jak jí bývalo jméno, ale Hávin Plůtek. Hledal svého syna. Kdyby byl přijel o hodinku dříve! Kdyby byl zastihl vražednici! Ale netušil zhola nic. Podřimoval si v sedle, a když ho dobrá napadla, rozmlouval s Reinerem. Byl mrzut, ale nikoliv rozezlen. Zdálo se mu, že jeho švihák zatočil jak náleží s otcovskými zlaťáky. Vsunuv ruku do měšce, počítal, kolik jich zbývá. Královští vojáci spali v městě a Pivo se zdráhal poslati je s hrabětem na obchůzku. Kristián se vzdálil o své vůli a vojsko je vojsko! Hraběti nezbývalo, než aby přijal do svých služeb tři halamy a chodil s nimi sám. Reiner byl pátý. Podobalo se, že milenci nezůstali v lese a že se přičiňují, aby nalezli chrám a kněze. Hrabě si snadno vypočítal, že spěchají se svatbou. Střehl kostely a kvapil, aby přistihl milence, ani vcházejí právě do vrat. Byl by jim dal co proto, neboť otcové se pranic nezdráhají nazvati lásku smilnictvím a hrubou žádostí.

Když se hrabě zastavil na návsi Rybničné, nemohl si nevšimnouti pobořeného plotu, holí, džbánků, kamení a hrud. To vše leželo v cestě. Tu nařídil Reinerovi, aby se otázal, co se zběhlo. A Reiner se dal do vyptávání, řka:

„Sousedé, odpovězte mi, kdopak to prošel vaší vsí? Koho jste tloukli holemi, na koho jste házeli kamením? Nebyl to mnich, který pro lásku boží prosívá po staveních? Nebyl to zlatník vracející se se svým zbožím?"

„Nikoliv, urozený pane," odpověděl ten, který měl pověst nejchytřejšího člověka, „nebyl to ani mnich, ani mistr nějakého řemesla. Prvému bychom naplnili brašnu a košíček. Druhému bych ukázal cestu, kterou se chodívá. Navážil bych mu vody a přál šťastný návrat. Nebyl tu nikdo, leda dvě děvečky, na které se nevyptáváte."

„Jakž by ne!" děl opět biskupův sluha, jenž se pokristiánil.

Co zbývalo než jíti s pravdou ven? Oděnci poslouchali, ale sotvaže padlo jméno Alexandřino, již obraceli koně. Nečekali, až sedlák domluví ani až hrabě pokyne na cestu. Vyrazili tryskem a za několik chvil nešťastnice dostihli.

Marketa Lazarová zemdlela a nemohla již jíti. Tu se hrne pět jezdců. Koně se zastavili, mužové seskakují na zemi a hrabě Kristián, otec zavražděného, stojí před Alexandrou.

Zdráháte se uvěřiti, že bylo slyšeti amazončino srdce, které se ozývalo jako dupání šermířů? Zdráháte se uvěřiti, že loupežnice, tak snadno zadržující hřebce, byla bez dechu? V každé paměti žije strach, který nás přikovává před tím, koho jsme zradili a komu bylo ukřivděno ze svévole. Rozpomeňte se na nesmírnou hanbu a na strach nevypověditelný, v němž jste stáli. A znásobte jej, znásobte jej tisíckráte, neboť Alexandřina tvář je pokryta stříkanci věčně se obnovujícími.

Kristián se ptá a ptá. Jeho cizí jazyk je palčivě srozumitelný jako pláč a vzlykání. Jeho řeč se vrhá přes slovíčka, duní, blekotá, tichne a je slyšeti jenom šeptání. Konečně se odvrací. Od této chvíle neděl již ani slova a propukl v pláč. Reiner, žalostný prostředník tohoto hledajícího otce, vyslechl ostatní.

Marketa mluvila za Alexandru. Bylo již pozdě, najatí pacholci se omrzele potloukali podél tohoto sousoší žalu, chřestili železem a řemením a jejich koně pořehtávali.

Táhlo na čtvrtou. Hrabě se opírá o strom a nikdo neví a nikdo neuhodne, co hodlá počíti. Zabije Alexandru? Půjde hledati synův hrob? Vrátí se domů? Tu vstane vražednice ze země a dí: „Dopustila jsem se skutku nejhroznějšího. Žal nezastírá vinu, jměte mě. Přeji si trestu stejně hrozného. Uchýlila jsem se do jediné myšlenky, do myšlenky, která je přepevná, do myšlenky lásky. Přeji si smrti, ať stře přede mne svůj plášť! Toť převozník a loď, toť hřebec, který mě unáší ke shledání."

Jaké žáry, jaké peklo citů bylo v tomto srdci? Poznavši, že ji Kristián miloval, poznavši svůj omyl, byla zachvácena přívalem lásky, který ji vrhl na kolena. Křičela před tímto plačícím otcem a před chlapy, jejichž uši jsou hrubé a oči necudné. Zírala na blednoucí čelo Kristiánovo, do středu jeho mysli, která již nemá síly porozuměti této věrnosti. Drala se do mrtvého srdce, toužíc, aby její krev skanula do Kristiánových žil.

To vše jsou však blázniviny, na něž starci nepřistupují. Hrabě vstal a nevšímaje si její bolesti udeřil mezi sluhy váčkem s penězi a kázal, aby odvedli Alexandru do hejtmanova tábora.

Reiner a Marketa Lazarová měli jej doprovodit k lesnímu hrobu.

Nuže, vizte dva průvody. Alexandra jde svázána mezi dvěma koňmi a neobrací se ani o trošíčku nepochýlí hrdopyšnou hlavu. Snad doposud vidí tu sladkou tvář. Vášnivé poblouzení, poblouzení, jež setrvá až do chviličky smrti, pečetí její ústa. Nechť jde, nechť se shledá se svým milencem.

Ďábel je rozmarnější strůjce příhod než Prozřetelnost. Zajisté on ponukl hraběte, aby vlekl Lazarovou do lesa, jehož se děsí. Zajisté ďábel našeptal Kristiánovi, aby rozkázal té, která si přála zhlédnouti aspoň sosnu nad milencovým hrobem, jíti na opačnou stranu. Marketa šla, jevíc poslušnost, jež odzbrojuje. Zatajovala svůj děs, děs!, neboť se strašila, že se setkají s Mikolášem. Jakže, bála se svého milence? Nemohla jinak. Šerpinský hvozd byl jeho hvozd, toť les loupežníků a prostorné doupě svévole.

Kdež by se Mikoláš ptal, koho oplakáváte. Což vás neviděl státi po boku vojáků? Dal by dopadnouti svému meči, nepociťuje hříchu ani výčitek, dal by dopadnouti meči, jako žnec dává dopadnouti kose na stvoly trávy v čase senoseče.

Ach, toto strašení se není věru bez podstaty a nové krveprolití a nový hřích je blízko.

Hle, obrysy lesa, již se stmívá, nesvěřujte se noci, hrabě.

Co však odvrátí otce, jenž ztratil syna, co jej odvrátí, aby nešel dál a dál až k hrobu, jenž prosvítá mezi černavými kmeny?

Šli a Marketa prosila Boha, aby odvrátil kroky Mikolášovy od tohoto místa a aby přispěl její paměti. Zdálo se, že sešla z cesty a že bloudí.

Blížila se již půlnoc. Opět houkala sova, opět bylo slyšeti šelestění v křovinách a poštěkávání povětrných psic. Temnota prolamovala temnotu, koně se třásli a světélkující oči rysa žhnuly mezi větvovím. Marketa Lazarová se zastavila a s úpěním prosí, aby se vrátili. Je veta po jistotách, je veta po bezpečí, kdy obzírala noční oblohu, již mřížkují větévky korun. Je veta po okouzlení, jež nad vlčími doupaty stře pohodu a mír. Ach, měsíc tehdejších nocí je rozbit a jako ponuré strašidlo sklání zsinalou hlavu a vleče plášť svitu. Jak mohla Marketa pobývati v této strašidelné stavbě lesa, v této úděsné lodi?

Taková jest však síla lásky, že se nebála. Viděla líbezný háj, v němž chodívá zvěř po svých cestičkách, v němž si stáda vyhledávají pastvinu, v němž se ozývá nádherný bažant a jímž prochází tvrdošíjný pán. Tomu pánu se všechno uhýbá. Asi po dvou hodinách bloudění rozeznala Marketa průrvu v korunách sosen. Vzápětí spatřila bělavé kameny. Bylo jí to trošíčku povědomé, vzpomněla si, že v blízkosti někde překročili potok, šla vpřed, potom se obrátila, a tu znenadání cítí pod nohou zkypřenou půdu. Stála na Kristiánově hrobě. Její poslání bylo skončeno. Co však učiní, setrvá, či vyjde sama z lesa? Hrabě se po ní neohlíží, klečí a křižuje se ve jménu Otce i Syna i Ducha. Přikleká k němu a trvají na modlitbách. Plyne hodina třetí a čtvrtá a pátá. Již svítá a Marketa děkuje Bohu, že přečkala noc. Dotkne se Kristiánova ramene a praví: „Vstaňte, pane, vraťme se domů, je čas. Je čas, neboť přílišné naříkání působí mrtvým jen strázeň. Nebožákům jest pohlížeti na nás, pokud pláčeme, a ani se nevznášejí, ani nepadají."

Hrabě však potřásá hlavou a jme se hrabati a rozmetá hrobovou hlínu na všechny strany. Jakou naději ještě v sobě živí? Naději, jež neutuchá, naději otcovskou. Myslí si, že ten, kdo zde leží, není jeho syn. Myslí si, že tyto prokleté děvky říkají všem jinochům miláčku a Kristiáne. Dal se do hrabání a neodpovídá. Z jeho starých rukou teče krev, nepřeje si užívati nástrojů, aby nezranil tvář, jež snad je blizounko pod povrchem. Káže Reinerovi, aby se vzdálil.

Ach, noci, ach, úsvite! jakým šálením jste odpovídaly jeho horlivosti, jakým úsměvem mu odpovíte. Úsměvem, mezi jehož zuby zasychá pěna!

Marketa vykřikla, vidouc strašné počínání starcovo, a jata strachem dala se do běhu a utíkala dál a dál. Nebránili jí, ať běží. Reiner za ní mávl rukou. Nešťastnice utíkala ze všech sil, černé stíny se hýbaly pod jejíma nohama jako hadové, neboť slunce se již vyhouplo nad obzor. Někdy se přiházívá, že jarní a jitřní pohoda je oslnivá. Tehdy právě bylo lahodné počasí, nad poli se vznášelo něco par a něco jinovatky leželo na svazích. Marketa již šla zvolna. Zmáhala ji únava tak veliká, že se podobá spánku. Slyší zvonění a její údy vedou vlahé teplo.

Hlava osmá

Asi za dvě hodiny jel sedlák orat na vzdálené pole. Pole bylo u lesa, je to políčko věčně ve stínu. Tu se v něm válejí dva kanci a tu je zdupá jelen; je to políčko pro zlost.

Sedlák sije pro lesní havěť, činí to poslušně, ale věru, že si přitom nezpívá. Nezpívá, ba ani se neohlíží, spěchaje za svým dílem. Byl tak nevšímavý, že nezbylo, než aby před ním Prozřetelnost sypala cestičku příhod. Uviděl zajíce, jenž skáče o třech, slyšel přesilně zpívati ptáčka, rozhlédl se a tu spatřil Marketu Lazarovou. Spala. Nevěděl, kdo to je, a nikoho mu nepřipomínala. Mrzel se, že ztrácí čas, mrzel se na zpropadené čertoviny, jež nám posílají do cesty tulačky, ale protože byla chladná země a protože je člověku horko, když oře, hodil na chudinku plášť a přikryl ji. Toť se ví, že nepospíchal, aby ji odvedl domů. Oral, a když dooral, vrátil se pro svůj kabát. Vzal, co bylo jeho, a zatřásl dívčiným ramenem, řka:

„Vstávej, nebo zmrzneš. Copak tě má, abys spávala v polích?"

Tázal se, ale věru nečekal odpověď. Nebyl lačný příhod.

Marketa vypravovala co a jak a sedlák pokyvoval hlavou, bůh ví, že poslouchal na půl ucha.

Prosím vás, příhody slečen, které si zedraly svoje šatečky! Cožpak les stená? V lese roste dříví, na něž mám zálusk! A jelen! Kdyby mi nehrozila oprátka, počkal bych si na šesteráka, jenž mi škodí.

Dojeli do vsi. Sedlák otevřel lísku, což jsou vrátka v plotu, a zajel ke stavení. Marketa poděkovala a chtěla jíti dále.

Kam by šla? Nastává opět noc, den se schýlil a je čas klekání. Tu vyjde selka a vyptává se konajíc porůznu večerní práce. Má napilno a není laskavá. Konečně je všechno hotovo a muži a ženě zbývá chvilička k hovorům.

„Ty časy!" praví selka, „člověk si není jist střechami nad hlavou. Však vím, že Obořiště vyhořelo." Řkouc to, zve Marketu do světnice a ke stolu. Rozdmýchává oheň, uhlíky rudnou a záhy šlehají veselé plameny. Je slyšeti skřípění studničních vah a v prachu první tmy se jeví hvězda večernice. Rozpačitý sedlák, rozpačitý, neboť je po díle, vyšel na zápraží a čeká, až slečna usne. Potom se vrátí a ulehne při komínu, na místě, jež je nejteplejší.

Druhý den se Marketa probudila, když svítalo. Na stole byla připravena její snídaně. Upila něco mléka a ulomila kousek z krajíce, zakoušejíc stud, jenž nás přepadává, když prosíme. Hospodář již vyšel po své práci a Marketa nemohla poděkovati leč selce. Jak s ní mluví? Mluví jako malé děvčátko. Ale ta, které děkuje, jí přeuctivě odpovídá a prokazuje jí čest málem vévodskou. Kdož ví? Snad se trošíčku posmívá. Nocleh a spaní Marketu neosvěžily. Šla vrávorajíc. Brala se poli a nevstoupila na silnici, která se stáčí k Obořišti. Šla, jako se vracel marnotratný syn.

Po říšské cestě, která se v těchto místech přibližuje lesu, tam, kde kdysi stál Lazar, aby se poprvé vrhl na pocestného, v té zátočině, jež je tak památná, uviděla jezdce. Byli to královští. A tu ji přepadl strach o Mikoláše. Tázala se svého srdce, co učiní, bude-li její ženich jat, tázala se svých úst, budou-li dbáti o potravu, a svých nohou, zdali jí budou potom sloužiti. Tázala se, proč odešla a proč se skrývá. Její duši uchopila vlna žalu a zmítala jí, jako příboj zmítá poplavkem.

Všechny šípy, jež bázeň smáčí ve své palčivé jíše, zasáhly Marketino srdce. Bylo tak veliké rozdvojení v její mysli, že nešťastnice současně pociťovala lásku k Mikolášovi a děs před Bohem. Její myšlenky stály proti sobě a vedly válku. Vlasy její duše již přihořívaly. Ach, Marketa je jediná, kdo bude poražen v těchto válkách a kdo v nich shoří. Třásla se. Bylo jí lhostejno, co se stane před otcem a před hejtmany. Bylo jí lhostejno, jaké mučidlo jí přisoudí a jaká kletba ji oděje. Třásla se pro Mikoláše.

Doposud chodila po stezičkách, teď vystoupila na hlavní cestu a šla rychle před se. Minuli ji dva cizinci a žebračka v kraji příliš dobře známá. Zastavila se poznávajíc Marketu Lazarovou. Marketa chtěla přejíti co nejrychleji, ale žel, její nohy váznou a stud a únava ji poutá. Stojí a žebračka stojí před ní.

Zajisté jsou obě laskavé, zajisté jsou hodny milosrdenství, ale řeč není z věcí srdce. Máme jen chabou znalost svých citů! Naše slovíčka krákají jako ptactvo, jež zpovzdálečí sleduje koráb. Ó plavby srdce, ó nevýmluvná ústa! Všechny deště, všechny lijavce smáčely žebraččina záda, měla rozežranou tvář a v útrobě jí kysaly chlebové kůrky, jež sebrala blízko prasečince. Což mohla učiniti něco jiného než se vzpřímiti před touto kajícnicí? Mohla jí nehroziti holí a nespílati?

„Ty děvko," pravila tlukouc mošnou, „ty souložnice katova, ty souložnice katových pacholků, jdi, pospíchej si pro požehnání!" Tu se dala do křičení a křičela jako ďáblice. Marketa si zastřela tvář rukama a klopýtajíc šla blíže k Obořišti. Žebračka a zlořečení ji následovaly. Vážení pánové, tento výjev se vám nelíbí? Žel! Bylo to poprvé, co se neblahá chudačka setkala se slečnou, jež je poníženější a více neblahá než samo žebráctví. Uvnitř našich myslí podřimuje čaromocná touha po spravedlnosti, jež nás má často k bezpráví. Nechť mluví, nechť se ozývá! Přehlédněte maličkou křivdu, jež ukazuje na převeliká bezpráví.

Marketa kráčí a pláče. Obořiště není již daleko a žebračka neodstupuje a neumlká. Hle, otcovský dům! Jakže, dům? Rozeznávám jen spáleniště. Vidím Kozlíkovo dílo, loupežníka, jehož, Marketo, milujete.

Stalo se, že onoho dne byli všichni Lazarovi doma. Bylo předjaří a čas mysliti na obnovu domu. Pokuta králi byla již zaplacena. Je mír, nuže Lazarovi služebníci vozili lesní kmeny. Jiní z jeho čeledi přitesávali kámen a opět jiní pracovali jako dělníci kopajíce. Lazar stál v jejich středu.

Kdyby se Marketa vracela sama, byla by posečkala až do soumraku, byla by samým večerem postála před zápražím, čekajíc, až ji zhlédne někdo z bratří, avšak křik zlolajné babizny ji štve, jako psí štěkot štve laň.

Lidé ustávají v práci a dívají se, kdo to přichází. Ach, oči starců vidí předaleko. Lazar ji zhlédl a již ji poznává.

Zdaližpak se hněvá? Zdaližpak ji přijme, zdali se usmířil? Již se ozývá její jméno, lidé udeřili prací a hrnou se k vrátkům, služky vybíhají, ale Lazar se obrací. Nechce svou dceru viděti.

Zavře se ve světnici, jejíž krb je pobořen, a káže všechněm, aby mlčeli.

„Buďte zticha," praví čeledi a svým synům, „buďte zticha, neboť se nevrací ten, před nímž se zavírá, ani nepřichází ten, jemuž bych mohl poslati někoho v ústrety. Buďte zticha, ať činí ta žena to, co si žádá."

Ruce služek klesají a leckterá mezi nimi pláče. Ti, kdo se rozběhli, nemají, co by učinili.

Ach, návraty ztracených synů, ach, návraty dcer! Marketa padne na kolena. Je viděti její zedrané střevíce a šaty plné bláta. Přikloň se, Lazare, k úpěnlivým prosbám své dcery, kéž bys ji slyšel, kéž bys přikývl hlavou. Ale nestalo se nic podobného. Lazar nevyšel.

Marketa měla tři bratry a tito bratři měli opět ženy a dítky. Nuže, zotaví se jejich láska? Dají maličkým, aby objali svoji přítelkyni? Nikoliv. Nádvoří je prázdné, nikdo jí nedbá, nikdo k ní nepřišel a dítky váhají vidouce tvář zcela nepodobnou blažené tváři Marketině. Kdyby měla nešťastnice matku, zajisté by jí přinesla plášť a nádobu s vodou, zajisté by mluvila, a kdyby to bylo slovíčko pláče, Marketa by přece poslouchala plna útěchy, neboť i výčitka bývá ojíněna láskou.

Prvou noc probděla Marketa kdesi v přístěnku domu, tam, kde líhají nečistí tuláci. Modlila se, ale z koruny, kterou jí láska vstavila na hlavu, nevypadl ani jediný kámen. Marketa milovala Mikoláše a Bůh si zajisté přál, aby ho milovala. Nedal ochabnouti tomuto citu a živil jej.

K ránu, když zdřímla, zdálo se jí, že je opět v lesích loupežníků. Spala s Mikolášem a cítila jeho objetí, ach, objetí, jež otřásá vědomím a způsobuje, že naše myšlenky padají, jako padá ze stromu ovoce. Byla prokleta!

Blížil se k ní ďábel? Ach nikoli, uvykli jste nazývati věci příliš přísnými jmény a zdvojnásobujete tuto přísnost, jde-li o děvčátko v otcovském domě. Po soudu rozumných lidí má Marketa pravdu, myslí-li na miláčka. Nechť si na něho myslí, či lépe, nechť se k němu vrátí! Bůh věru nestojí o závoj fňukalek, jež komolí modlitby a nepřivedou na svět živého tvora. Pravíte, že byl tento sňatek na posměch otci, na posměch lidem a na posměch Bohu, neboť nevěsta volila již dříve, než se shledala s Mikolášem?

Chtěl bych namítnouti, že vedle skutků jsou sliby málo závažné. Je tím, čím se stala, přijměte ji.

Jak ji máme přijmouti, když sama sebe zatracuje, když se nazývá nestoudnicí a fenou?

Praví se, že život je nepřátelský těm, kdož jej odmítají. Marketa je z počtu těch nešťastníků, Marketa je nejnešťastnější, neboť nemá sil, aby mu přitakala, a nemá sil, aby se postavila na odpor. Strach a milost vedou o ni válku. Zmítá jí děs a milování, zmítá a bije ji, jako oceán bije pobřežní skálu. Marketa umře. Marketu sežehlo peklo! Po dvou dnech hněvu a pohrdání, jemuž se nic nevyrovná, jedna ze služek donesla Marketě šaty a zavolala ji k Lazarovi. Chudinka se oddává naději a vzápětí je opět zděšena, co uslyší? Je Mikoláš v Obořišti? Nepotkalo jej nenadálé neštěstí? Stojí třesouc se a krev jí zalévá vnitřek hlavy. Slyší šuměti bystřinu zkázy.

„Marketo," praví Lazar, „zavolal jsem tě, abych se otázal, jaké si uložíš pokání; čeho jsi hodna, Marketo?" A dceruška mlčí a po chviličce mlčení odpovídá přirdoušeným hlasem: „Ty máš klíče od všech trestů. Rozkaž mi, co se ti líbí."

„Anděl vyhlazovatel, který má šest rukou a v každé drží tesák, ten anděl má přístup do tvojí duše a bodá ji, až ji ubodá. Kdybys setrvala v mém domě, shoří. Budeš-li choditi mezi poli, úroda ztrouchniví. Pas stádo, a stelné krávy budou zmetati a nepřibude mi telátek. Jsi prokleta, neboť jsi zrušila sliby, které složil tvůj otec. Zrušila jsi slib daný Bohu. Bohu, nešťastnice! Nemám odvahy, abych se díval, jak se propadáš a jak se obracíš v troud a hnis. Táhni mi z očí! Nepřipustím, abys byla v mém domě služkou, která dává píti vepřům. Vezmi své smilné tělo a nes je z domu, jako se nosí mrtvý. Proč ještě stojíš, proč se nehýbáš? Tvoje tvář je tvář zjevence a lítost, kterou předstíráš, přitěžuje můj hněv a ruce mého hněvu. Vyjdi, prostopášnice! Ukládám ti dojíti do kláštera, který jsi zhanobila. Vrhni se na jeho mříž a vykřikuj, mluv o své zradě a pros, aby tě uvrhli do vězení."

Marketa naslouchá a ve vedlejší světnici naslouchají její přátelé. Maličká děťátka nakukují do komnaty hněvu a výmluvy, zvedajíce stanové plátno, jež visí mezi pažením dveří.

Hrome, vše, co je uděláno ze dřeva, shořelo na prach. Všechno je vymláceno, prší do světnice, a my máme přechovávati milostnici žhářovu? Milostnici zbojníka, který obrátil Obořiště v poustku a který zabil pět našich lidí? Dobře jí tak! Ať si jde, ať jde pod šibenici svých miláčků!

Je to sestra vašich manželů, paní. Je to Marketa, nejmladší z

85

Lazarových dětí, táž, kterou jste volávali, aby čtla a zpívala písně! Vy prachaso zlodějská, vy se věru nemáte proč vynášeti nad tuto hříšnici. Vy posměváčci, vy počestní kapsáři, vy jalůvky zločinu, vy šejdíři, vy směšní herci, kteří strašíte mečem a bojíte se rány, vy duchové z kozy, kteří se ženete na poutníčka a před vojskem popotahujete ze slzavého nosu, vy chcete souditi zbojníky a milenky zbojníků? Nic dál, nic dále! Vyjdi, Marketo! Výš hlavu, výše! Jdi, jako chodívá ta, jež zná cenu svého přítele.

Hlava devátá

Ach Bože, Ježíši a Maria, Marketa Lazarová pláče a pláče. Nic jí nedodá ducha, nic ji nevzmuží a všechny síly od ní odstoupily. Je oděna jako děvečka a béře se vpřed malátným krokem. Hle, toť cesta jejích procházek, vlna lesíků a vlna polí, svažující se kraj, přeznámý kraj, do jehož nesličnosti Bůh zaklel sladký úsměv a líbeznost, jež navždy bude vyrážet z vašich prsou šťastný vzdech. Váš kraj, kraj Marketin! Hle, toť cesta bláhového blouznění, stezička studu, místečko poskakujícího stromu, mez hrabošova, doubek s ohništěm, vše, co jste milovali. Vše, co je ztraceno a co se opět vrací. Radujte se, přeběda těm, kdož se nemohou radovati v končinách své mladosti. Přeběda Marketě, neboť kráčí a nic nevidí a nic neslyší hledajíc prsten mezi kořeny neštěstí. Nezvedá hlavu, a kdyby ji potkala její přítelkyně, která ji velice miluje, zajisté se nepoznají.

Toho dne se přiblížilo jaro o pěkný kus cesty. Pastýři a pocestní lidé si vypravovali, že vzrůstá hlasem, neboť opravdu bylo slyšeti rohy větrů, do nichž dují sluneční andělé. Na loukách a na pastvinách nebeských se válela oblaka, jako se válí skot na pozemských loukách. Vál větérek, země osychala a v struhách a podél plůtků pučela prvá kvítka. Mysliti na vězení za tohoto probouzejícího se času? Toť truchlivé, toť věru smutná věc.

Asi po šesti hodinách cesty přišla Marketa na místo, kde stoupá cesta do mírného návrší, odtud bylo již viděti horu, na níž se tyčí klášter Nanebevzetí. Zde bydlily řeholnice. O mnohé z těchto sester se vypráví, že je panna přečistého života a že ostříhá božích přikázání s velikou pečlivostí. Marketa sestoupila a opět vystupovala, neboť mezi prvým pahorkem a svatou horou bylo údolí. Zastavila se před brankou a její oči byly omámeny líbezností a její uši byly omámeny tichem a spanilými hlasy zvonu.

Marketa padla na tvář a modlí se, slyšte, co se modlí: „Bože, kterýž ses slitoval nad nepodobnými hříšníky, slituj se nad Mikolášem. Sešli anděla, aby se dotkl jeho ramene a zaťukal na helmici, v niž vězí urputná hlava. Dej, aby se mohl vyznati ze své lásky, dej, aby přemohl lvice v svém srdci a mohl si vésti podle dobroty. Mně pak dej, můj Bože, abych směla věřiti, že na konci svých trestů zhlédnu práh ráje, motýlka či mušku, jež ku potěšení duše letí nad pekelným ocúnem."

Marketa se takto modlila ležíc na zemi a tu šla mimo ni klíčnice a přišedši mezi ostatní sestry pravila: „Sestry, sestřičky, před brankou, která je vedle východní brány, leží dívka. Viděla jsem, že má selské šaty a neselskou tvář. Bude to nějaká kajícnice a její zpovědník ji zajisté posílá, aby plakala před naším chrámem. Pojďme, otažme se představené, zdali se jí líbí, abychom ji vedly do chrámu, či do světniček."

Dvě nebo tři řeholnice se ihned oddělily od ostatních a šly k představené onoho kláštera Nanebevzetí a řekly jí všechno, co řekla klíčnice. Představená pak, o níž se vypravuje, se nazývala jménem Blažena. Nebylo jí více než dvacet šest let. Podobá se, že je velmi urozená, neboť každé její léto vydá za léta dvě, pokud běží o moudrost a vládu ducha. Řezenský arcibiskup slyše kdysi její přesladkou řeč, snadninko jí prominul nezletilost, a stala se představenou kláštera Nanebevzetí již před třemi roky. Bylo to nevídané štěstí. Jářku, to je představená! Ta se mi líbí!

Nedej bůh, abyste se snad domnívali, že jí spanilost ubírá něco na přísnosti. Má oči dokořán. V jejím stánku vládne Bůh a jeho libý rozum. Nedějí se tu věci nenadálé a strašné. Zahrada zvolna vzrůstá, je tu mír a pohoda míru. K této převorce Blaženě přišly onoho dne řeholní sestry a řekly jí:

„Převorko, před klášterní mříží leží dívka a váhá vejíti. Co jí máme říci? Nejde ani k nám, ani neodchází."

„Řekněte jí, ať vejde."

Když sestry slyšely, co představená odpověděla, šly k Marketě a zvedly ji a měly ji k tomu, co platí za rozumné. Šla po boku dvou řeholnic, ale žádná z nich nepoznala, že přivádějí Marketu Lazarovou. Byla tak nepodobna sama sobě! Byla tak nepodobna blažené dívce, jež přichází zhlédnouti místo, kde zanedlouho bude sama řeholnicí.

Marketa se ocitá ve světnici a všechny se jí vyptávají a dorážejí na ni otázkami. Dvě či tři babizny mají bezbožné tváře modlářek a ptají se přísně, jako by byly božími písaři. Ale ostatní? Jsou přívětivé, jako bývají přívětivé přítelkyně. Marketa se stydí říci své jméno. Není však třeba, aby je říkala.

Převorka žádá, aby sestry odešly, a když se to stane a když jsou s Marketou samy, praví: „Poznala jsem tě, Marketo Lazarová, v tu chvíli, kdy tvá ústa stála v postavení tvého jména. Překonala jsi hanbu. To dostačí Bohu, jenž mi napověděl, kdo jsi, a dvojnásob to dostačí mně. Jsem Jeho služka. Nemluv o svém provinění. Znám je. Klášter Nanebevzetí je v kraji Obořiště a Roháčku. Zvěděly jsme již, co se stalo. Žel, nejsem zpovědníkem a neposkytnu ti útěchy ani místa. Jdi k svému biskupovi či k vikářům a ptej se, co máš činiti."

„Převorko," odpověděla Marketa, „slyším, že tvůj hlas je plný milosrdenství, mluv déle, mluv o chviličku déle, neboť se mnou nemluvívá než zatracení a hříšná láska."

„Nešťastnice, co jsi to řekla! Jsi doposud tím, čím jsi byla?"

„Stalo se," vece opět Marketa, „že jsem nevykořenila ze svého srdce tělesnou lásku." Řkouc to propukla nešťastná milenka loupežníkova ve vzlykání a přála si, aby byla uvržena v okovy a žalář.

Převorka poodstupuje a poznamenává se křížem. Potom hledá moudrost v modlitbě. Již vstává z klekátka a mluví:

„Čeho je ti třeba, Marketo Lazarová? Ach, zoufalkyně, ty voláš po trestu? Chceš býti puzena mukami, ty, která jídáš hoře jako chléb? Jakého potkana mám pustiti do tvého žaláře? Jdiž mi! Bůh ti odepřel pravou lítost a skýtá ti vědomí viny. Vědomí, jehož zuby jsou ostřejší než zuby havěti, která sužuje vězně. Tvoje slzy tě poskvrňují. Volej na pomoc Boha. Nechť ti propůjčí lítost, bez níž není odpuštění. Nechť ti ji dá, nechť ti ji propůjčí!"

Kdo chce naslouchati déle tomuto hovoru? Nikdo! Souhrn celičké řeči je Bůh. Ale vy a já nevěříme na tohoto vládce časů. V noci nepřetržitého trvání, v noci bez konce bylo učiněno toto slovo a vládne duším, které se otřásají při jeho zvuku, jako se otřásá holub a kurové, když se blíží jestřáb.

Ó pochybovači, i ty bledneš, i ty se zachvíváš? Neboj se! Nebe je prázdné. Nekonečno je prázdné. Nekonečno, tento blázinec bohů, na jehož okrajcích bloudí hvězdička.

Zželelo se nám všech strastí a dnem i nocí přemítáme o jistotě, která by byla tak mocna, jako je tento šílený hlas básníků. Ach, pomatenci! Jakou hrůzou jste zalidnili čas, jakou hrůzu jste vmetli do podvědomí maličkých dítek. Jaké běsnění pochyb! Věčně se budete tázati, proč je kohoutí oko okrouhlé? Proč má chlupáč u vašich nohou vlastnosti psa? Věčně budete obzírati kolébku a hrob? Věčně budete mluviti o tajemství, zanedbávajíce věcí života? Mluvte cokoliv. Nebe je prázdné! Prázdné a prázdné!

Převorka Blažena mluvila s Marketou do pozdní noci. Když byl čas, aby všechny spaly, vzala klášternice neblahou dívku za ruku a vedla ji do světničky, jež je nejmenší ze všech světniček. Když vešly, tu ukázala na lože a řekla Marketě:

„Setrvej zde, dokud tě nezavolám." Potom zavřela komůrku zvenčí a odnesla klíče.

Marketa ulehla na zemi zhrdajíc ložem, ulehla na tvrdé kameny, ale Bůh, jak praví vypravování, učinil, aby spala.

Řeholnicím nikdo neřekl, kdo to vešel a kdo to spí v klášteře Nanebevzetí, ale sama od sebe povstala řeč a vešlo ve známost, že bědná tulačka a kajícnice je Lazarova dcera. Některé sestry mluvily o ní špatně a jiné ji litovaly. Chudačky, což ony vědí o milování!

Jaké štěstí, že příhody nekončí tímto smutkem a tímto odevzdáním se. Jaké štěstí, že Marketa nesetrvá v této tuposti. Jaké štěstí, že Mikoláš chystá nové výpravy. Jaké štěstí a jaký žal, neboť to, co chystá, je opět zbojnictví.

Plyne den po dni. Mikoláš spává v lese a jí koňské maso. V noci, která byla pátá, vypravil se k místu, na němž leží Kozlíkův poklad. Jde rozhlížeje se, opatrně překročí bažinu, a již je na místě. Odhrnuje kamení a hlínu a pozvedá a vleče z hlubiny přetěžkou truhlici. Tvář loupežníkova přihořívá leskem kovu a drahocenného kamení. Světélko hvězdy zanítilo tuto záři.

Hvězdná záře a skvosty! Loupežník hrouží chvostnatou ruku až ke dnu truhlice a naplní si sáček dukáty. Potom smete vše zpátky a přitlačí víko, neboť poklad, jakkoliv se zmenšil, přibyl na objemu. Již je hotov s dílem a vrací se, maje bedlivý pozor, aby nezůstavil stopy. Konečně vsedá opět na kůň. Tato noc je poslední nocí v Šerpinském hvozdě. Na úsvitě vyjel Mikoláš na otevřenou cestu, jež vede k severu. Čekal na měšťanský vůz, až se namane v těchto končinách. Čekal, že mu nějaký břicháč, nějaký měštěnín, kteří zrána tak těžce kašlají, zavadí o meč. Kdež by! Kolem sedmé zastihl jakéhosi zakrslíka, jeho plášť nebyl delší, než je košile nekřtěňátka, neměl kordu a chtělo se mu spát. Mikoláš jej pominul. Rozveselil se však, a když se setkal s pořádným chlapíkem, udeřil jeho koně na zadek, až přidřepl.

„Dolů, můj městský sousede," řekl hromotlukovi, „potřebuji tvůj plášť, tvoje škorně a tvůj klobouk! Sesedni, chci, abys mi předal uzdu své klisničky. Vezmi zavděk dvojicí těchto koní a třemi dukáty. Nuže, měj se k tomu, oč jsem tě žádal. Zde je křovisko, které tě skryje, aby ses nestyděl."

„Kdožpak jsi ty?" otázal se jezdec a na jeho tváři bylo viděti, že se spíše hněvá než bojí. Ale Mikoláš vytrhl meč a opakoval vyzvání s takovou pevností, že se náš měšťák sesmekl z koně jako lasička. Měl sice tesák a snad mu nebylo neznámo umění potýkati se, ale z jeho protivníka vanul dech válek a takového nemilosrdenství, že v něm bylo snadno poznati člověka, který se nezdráhá zanechati vedle klobouku, o který požádal, bezduché tělo jeho pána. I dal pocestný Mikolášovi vše, co na něm chtěl. Byl to kupec, přijal tedy peníze a řekl si: „Tohle bláznovství není špatné, namoutě! Koupím si plášť až na paty a své ženě koupím ještě zlatohlav. Kéž by vystupovali hustěji takovíto hlupáci. Platí zlatem a sami jsou odřeni jako měďák. Platí zlatem a nadto se rvou. Ach, ty zvrácený chasníku, budeš-li takto kupovati, dostaneš za své zlaťáčky leda kohoutka." Kupec podobně k sobě promlouval a vedl Mikolášova zvířata za uzdu, nemaje chuti se vyšvihnouti do sedla.

Mikoláš však jel spánembohem dál. Podobal se teď kupci? Nu, maličkou měrou, pranepatrně, ale o tom, že z něho čiší zbojník a že čpí na dvě míle lesem, o tom Mikoláš nic nevěděl. Bral se rychle vpřed po hospodách, kde se přepřahává, po chmurných haluznách při rozcestí, po chýších, nad nimiž les dosahuje lesa. Hledal holomky, zoufalce a ničemy, jež stíhá právo. Za všech časů jich bývá na těch místech plno. Hrají v kostky, či majíce huby ve dlaních, dívají se do plamene krbu. Krčmář sedí před svými vraty a jeho žena škube slepici, která se nevydařila. Šibalka krčmářka, kdoví z jakého hnízda ta slepice je. Kdoví který nezbeda s ní zaplatil řád. Ale nechť, hospoda se mi líbí. Vidím zčernalý strop, řádný stůl, prostorné ohniště a vedle ohniště lísku s housátky klubajícími se z vajec. Mikoláš se zastavil před vraty a sesedá. Krčmář mu běží v ústrety, a jak je zvykem tohoto lidu, ptá se v svém srdci, kdo by to byl. Ptá se a odpovídá svému údivu: je to kníže; a nedůvěřivosti: je to dobrodruh.

Mikoláš si však nevšímá hospodského ani za mák a vchází do světnice. Zastavil se před povalovači, jichž je tu tré, a praví jim: „Proč se skrýváte? Jaká provinění vás tíží?"

Jali se mu odpovídati, jako by byli počestní lidé.

„Ech," děl bráně jim, aby mluvili déle, „co mi sejde na vašich hříších! Vidím, že jste pokryti strupy a vyrážkou hladu, vidím, že se vaše čelist třese na jídlo. Zde je hrst zlaťáků. Berte! Ale nerozdávám marně po dukátech. Chci, abyste po dva týdny stáli při mně. Udeřím na boleslavskou věž!" Tu řekl Mikoláš své jméno. Chlapi se tomu podivili a jal je strach. Strach z krále a strach z loupežníků.

Nic naplat, cožpak hladový člověk odolá jídlu, které se mu nabízí? Na dosah ruky je zlato, vy je zamítnete? Nikoli! Všichni tři slíbili Mikolášovi poslušnost a šli za ním.

Takovýmto sprostým způsobem verbířů získal Mikoláš dvacet tři lidi. Šla z nich hrůza. Jeden měl tvář mrtvoly a druhý měl tvář krkavčí. Jeden byl vyhublý až na kost a druhý byl břichatý a tučný. Mikoláš se smál vida tyto vojáky ze šibenice, tyto vrahouny, již se odváží věcí doslova posledních. Mohou něco ztratiti? Nižádný nemá nic než hrdlo, jímž dávno propadl.

A duše?

Ustaňte se sličností zpěvu, říkají tito halamové, neboť ze zpívání nic a nic nepovstává. Duše je neviditelná, ale hlad nám hněte střeva a zauzluje je ve veliké uzliny. Co nám sejde po povětrné holubici, jejíž křídla nejsou křídla, jejíž zobáček není zobáček. My tomu nevěříme! Vedle hmyzu a bídy nemůžeme těmto zatracencům upříti něco sebevědomí, ale bojím se, že ani tento znak svobodného ducha jim nezjedná vážnost. Jejich rozum prchl a usídlila se v nich bláznivost.

Mikoláš je vedl do Šerpinského hvozdu a založil v něm tábor na místě, jež byl smluvil s ostatními bratry. Loupežník nevedl si již po loupežnicku. Domníváte se, že se polepšil? Nikoliv, bylo však třeba, aby se vystříhal vaděnic a křiku. Posílal své halamy na vzdálené trhy a oni kupovali jalůvky a telátka a skopečky. Jací z nich byli skotáci a řezníci a kuchaři! Vážení pánové, šlacha nešlacha, všechno zmizelo za jejich tesáky. Hřál je oheň, a protože chlapi nejsou samotáři, vznikala mezi nimi jednota, jako se přiházívá ve vojště. Kdož ví? Na každé tváři se zjevuje záblesk krásy, snad to nejsou takoví hanebníci, jak se domníváme.

Zatím z vřetena událostí se odvíjela poslední nit. Paní Kateřina byla poznána a jata. Stalo se to poblíž vesnice Písečné Lhoty v turnovském kraji. Zároveň s Kateřinou bylo jato několik malých děvčátek a syn Václav, který byl nejmladší ze všech Kozlíkových dítek.

Jak k tomu došlo? Paní prchala na sever, plníc synovu vůli, a potom se uchýlila do krajiny, kde jsou sluje a propasti. Nikdo ji v těch končinách neznal, a tak mohli choditi po cestách a spáti po domech, kde jsou útrpní lidé. Desátého dne přišli k stavení a mlýnu, jenž stál na pokraji lesa. Byl to dobrý dům a dobrý mlýn při stálých vodách, jež stékaly žlábkem na otáčející se kolo. Hospodář prodléval před stavením. Byl chud, měl ženu a jediného pacholka. Jeho mlýn se podobal klášteru o dvou řeholnících. Pozdravil jménem Páně a paní Kateřina mu pochválila dům a řekla:

„K tobě přicházejí mleči a spí u tebe. Učiň nám tu laskavost a nech nás spáti v komoře, kde oni spávají. Jdeme již dlouho a děti jsou maličké." Tu vyšla mlynářka a vedla je do domu a učinila vše, co vy sami byste učinili.

Prositi o nocleh nebylo za těch starých časů nic divného. Vedou si jako doma. Děti se sotva pokřižovaly a vzápětí ta havěť spí oddechujíc jako andělé po dobrém díle.

Paní Kateřina zajisté ví, jak máme ceniti svět, ale tento dům je tak líbezný. Je slyšeti klapání mlýna a všechno vůkol je pokryto bělostným práškem. Kdo by se bál? Paní Kateřina odkládá plenu za plenou a tu je viděti drahé látky. Ovšem jsou potrhány, ale pod vrstvou bláta září nádherná barva. Odvinula plenu svrchní a spodnější, a tu vypadla ze šatu přeskvostná spona. Udeřila o zem a zazněla. „Mlynářko," děla Kateřina, „zdvihni tu sponu, podrž si ji. Chci ti ji dáti, neboť jsi laskavá ke mně a k dětem." Selka zvedne ten šperk, obrací jej v rukou, a odtud je její řeč nejistá a její pohled klouže po stěnách a chodí po zemi. Konečně vyjde za svým manželem a jme se hovořiti:

„Co říkáš, to není venkovanka, která jde ke svým příbuzným, to není ledakdo!"

Radili se hodnou chvíli, co mají učiniti, a nakonec vyšel z této rady pekelný úradek. Byli tito lidé zlí, či snad nikoliv? Nevím, podobá se však, že se přestrašili.

Ještě téže noci vsedl mlynář na koně, který věru neuvykl nositi jezdce. Kde vzíti sedlo? Bah, sedláček se drží za ohlávku a sedí jen tak na holé srsti. Před desátou je již u turnovské brány a volá na branného:

„Branný, vpusť mne!" To se ovšem potázal se špatnou, kdežpak by vpustili takového otrhánka v noci do města. Nechť vypoví u malé branky všechno, co si žádá, a nechť se vrátí.

„Dnes samým večerem," dí mlynář, „přišla do mého mlýna paní, která se praví býti selkou. Ale není jí! Přisámbohu, pane, dám svoji košili, jestliže se mýlím. To není vdova, která jde na krk příbuzným. Hned jsem ji poznal! Je to jakýs blázen, jenž, aby zapomněl na svou urozenost, se toulá po lesích a vláčí s sebou děti. A není-li blázen, pak, na mou čest, to bude přechovavač či přechovavačka, neboť ta příchozí je žena. Jsem jist, že jsem ji poznal. Je ověšena šperky, má bláto ve vlasech a je tak podivná, jako bych já měl meč a pukléř ze zlata."

Když to sedláček vypověděl, vsedl opět na svoje zvíře, které pošvihovalo ohonem, a spěchal domů dvakrát rychleji než k městu.

Branný v městské bráně je velký pán před mlynáři, kteří

93

vozívají do města mouku, ale není tak velký pán, aby mohl zapomenouti na lidské tlachy. Druhý den zrána jde ke krajskému písaři a vypravuje, co v noci slyšel. Ach, turnovský písař, ten je jako vítr. Je maličký a potrhlý a běhá sem a tam. Má v ruce brk a za uchem má druhý, a sotva vezme něco do ruky, již mu to padá na zemi. Má měšec u pasu a dýku, toť se ví, ale nevěřte, že tato dýka bodá, ne, je to nástroj práv a pokoje. Písař s ní ořezává jen pera, pranic víc.

Jak ten písař uslyšel, co se stalo, běžel ven a zase se vrátil, otevřel okno, křičel na vozku, jenž stál na krajském dvoře, aby se hnul a ihned zapřahal. „Kdypak již předjedeš?" volal naň po chvíli, a sotvaže to řekl, již na vše zapomněl a psal a psal.

Ach, neblahý písař, neblahá jeho potrhlost. Před mnoha lety poznal jakousi dámu, jež se znenadání octla v nesnázích, a postoupil jí svého koníčka. Panebože, to byl skvělý čin! Ten oblek, který nosí, ten dostal za mzdu a dvakráte byl za to pochválen a nadto dostal peněžitý plat. Toť se ví, že by si písař přál, aby paní Kateřina byla nejméně bloudící kněžna.

Nu, dej mu pánbůh zdraví, již jede v důkladném hrčáku k Písečné Lhotě.

Ale nač vypravovati obšírně; věc, která se vleče, za nic nestojí. Písař chtěl příměti paní Kateřinu, aby jela s ním, ale ta mu odpověděla tak rozhodně, že se podivil. Vkradla se mu do srdce pochybnost o vévodství této tulačky a křičel, jako křičívají písaři. Nic naplat, vrátil se sám. Tu jej ovládl hněv a šel k městskému hejtmanovi a vypověděl mu zevrubně vše, co se přihodilo, a především vše, co sám řekl a co zamýšlel.

Tak se stalo, že byli posláni za paní Kateřinou biřicové a že ji jali na lesní cestě, neboť paní po písařově odchodu hned odešla ze zrádného mlýna. Nuže nyní sedí ve vězení a měšťané a chasníci si opakují její jméno. Nešťastná paní, nešťastné dítky! Čas rychle plyne, ani se nenadějete a již rozkvétá stromoví a již se vracejí ptáci. Minuly tři týdny a blíží se den, na který čekáme. Kozlíkovi synové se scházejí dle úmluv. Jdou se ženami a s dětmi a s čeledí. S čeledí? Vedli si jako Mikoláš, ale počet chlapů, které oni sebrali, je věru malý. Přinášejí však hojně mečů a sekyrek. Sekyrek, neboť to jim přikázal Mikoláš. Čekají po celý den. Mikoláš prohlíží kování koní, popruhy, uzdy a opět meče.

Každou zbraň zkouší, každou vezme do ruky a vše, co se nehodí a co je opotřebováno, letí k čertu. Jan byl nejstarší z bratří, avšak ve věcech válek a přepadů se vyzná nejlépe Mikoláš. Jeho obezřetnost byla k nesrovnání. Je nejstatečnější a byl ustanoven, aby vedl zástup.

„Nepřidržím se Janovy rady," řekl ve shromáždění, „vejdeme do města za svítání a houfem. Já a pět mých lidí vyjdeme před bránu, až spadne most, zmocníme se stráží. Pak bude cesta volná až k věži."

Vojsko, či lépe chamraď, kterou zbojníci sebrali, ležela ve stanech zírajíc do otvorů, jimiž uniká kouř, byli napohled smutni a ne nepodobni dravým ptákům, již hřadují po lesích. Byli nehybní a leckterý z těch klacků se loučil s krajinou a se světem, který je přesličný. Ať třeba strádáte, ať si vás honí z místa na místo, ať máte na sta soudních půhonů, přece je přesličný.

Že vám teď spadla prška do vlasů? Že máte hlad, že chcete za nevěstkou? Drazí pánové, to vše se napraví! Žalářník ztratí jednoho dne klíče a svatý klíčník ráje udeří dlaní o dlaň. A sotva tleskne, vyjde sluníčko. Ten lidský psinec bude opět krásný a zas si najdeš svoji jehničku. Ukousneme leckde skývu z žírných polí a zajíme svůj hlad červeným jablíčkem. Poslouchej, jářku, co se povídá! Budeme zase pásti beránky, již chodí po obloze, a budeme držeti krok s vodními ručeji.

Jakápak přísnost na tuláka a jaká přísnost na ten boží svět! Ach žádná, žádná, jen se mějte dobře, jak ale uniknete tomu randabasovi, jehož vůle je jako sekera? Bude vám zatěžko odepříti mu maličkou službičku a nedati se zapíchnouti. Včera si jeden chasník zamanul utéci a vedl si tak neobratně, že byl chycen. Co se s ním stalo? Jen si vzpomeňte, Mikoláš rozkázal, aby jej utratili. A tu jsme všichni želeli přepychu v jídle a vedlo se nám jako svatebčanům na vznešené svatbě. Sousto nám vázlo v hrdle.

Věru, na tyto úvahy jest již pozdě. Nyní nezbývá než sedati na kůň.

Ve vesnicích znělo v tu chvíli Anděl Páně, ale nad Šerpinským hvozdem poletuje krahulík a krouží jako srdce zvonu. Mikolášovo vojsko je na pokraji lesa a loučí se. Sbohem a sbohem! Ženy zůstaly v táboře a budou čekati, až se oděnci vrátí, a kdyby se nevrátili, utekou do Saska. Již se rozloučili, již se rozjíždějí. Vojsko směřuje z lesů, ale Mikoláš se vrací.

Vyhledá jedno z pacholat, s nímž se přátelil, a praví mu: „Jeníku, kdybych se zítra nevrátil až do večera, vyhledej Marketu Lazarovu a řekni jí, co budou vypravovati bratři, kteří se vrátí." Tu přijal Mikoláš slib a zanedlouho stihl svoji tlupu. Jdou. Jdou podél travnatých pahorků, po nichž přebíhá ustrašený zajíček, mimo topol s tíkajícím ptákem, po břehu vody pohybující sítinou. Jdou a klusají, a tu opět cval rozhodí hřívu klisny a rozkývá meče. Nebe srší hvězdami a rouno beránků se stře z místa na místo, dosahujíc v tu chvíli Orióna. Pahorky se odívají světlem hvězd v ryšavý plášť, v plášť a v suknici, jež má barvu strachu.

Bojím se o tuto výpravu. Pod nohama koní se hemží stíny a vedou válku. Oděnci jsou vyčáplí a hnusní. Kdo jim protahuje údy? Smrt!

Již jsou před městem a čas jitra je blízko. Hle oddíl Janův a oddíl mladšího bratra.

Již se srazili v tlum, již se odděluje Mikoláš se svými jezdci od ostatního lidu, již popojíždí k bráně.

Již se zastavil a stojí. Jeho nohy jsou podobny nohám mosazným a nohám železným, jeho ruce nabíhají hřebeny svalů. Jeho nohy a jeho ruce jsou jako živá lvíčata a jako údové sochy. Béře se zvolna vpřed a jeho pohled jde rychleji než pohled krahujce a vidí lépe. Vidí strážného, který se rozhlíží na vše strany. Loupežníci a ti, kdo s nimi přicházejí, čekají v ohbí hradeb přitisknuti ke zdi a vidí Mikoláše, nikoliv však toho, který stojí před ním na hradební vížce.

Hle, loupežník přikládá k ústům roh, a již je slyšeti hlas, který burácí a nezná odmluvy a nesnese prodlévání. Mikoláš volá, a tu je viděti, že branný sestupuje dolů, a jeho mírná tvář se čtyřikrát zjeví v okénku, jež klesá níž a níže.

Již padá můstek a klíč rachotí v zámku.

Mikoláš neměl svého koně ani pobídkou, ani bičíkem k chvatu, jel zvolna. Setkal se s klíčníkem brány a s jeho pomocníky, aniž by řekl slovíčko, jež by je zděsilo. A přece jsou zděšeni! A přece trnou, zírajíce do této tváře, která se neusmívá ani neškaredí.

Jako piják, jemuž zprvopočátku nechutná víno, a jako hráč, jenž šetří svých sil na hru příliš dlouhou, jako býček, jemuž se nechce a jenž se zdráhá, jako káně, jež létá, aniž hnulo železnou perutí, jako divák poodstrkující toho, kdo zaclání, jako učitel kárající žáka, nic hůře a nikoliv násilně dotkl se loupežník strážce brány svým mečem. Nešťastník padl tváří k zemi. Jeho výkřik poděsil holuby. Vzlétli tleskajíce křídly a kroužili nad hláskou. Blankyt ticha je rozerván. Odevšad zní křik. Oděnci přibíhají z vnitra věže, a znenadání přichází stráž. Hejtman je opátrnější než loupežníci! Hejtman zná vaše skutky a počítá vše, co učiníte. Zná vás a zná zbojníky vám podobné. Spí, zabíráte mu maličko ducha, ale tito přítelíčkové, tato ospalá a bezvousá stráž, mnoucí si víčka, stará se za něho. A zemře za něho. Již zvětřili něco nekalého, jejich kopí se pohnula jako uši zajícovy, již se chápou mečů, již se rozjíždějí.

Mikoláš se ohlédl k bráně, most byl doposud spuštěn a třpytil se jako řeka. Byl prázdný! Kde je tvé dobrodružné vojsko? Utíká!

Tu se ozval šťastný zvon a volá a hlaholí. To není jitřní hlas, to není vyzvánění k slavnosti.

Ten blažený zvuk, ten šťastný zvuk, toť rolnička zapomenutí, toť rolnička nicoty, toť smrt! Kdo to vyzvání? Maličké pacholátko. Vidělo posupné koně a opovržlivý pohled loupežníka, který zabíjí, aniž se hněvá či straší. Patronka bašt a hlásek a věží, patronka hrazených měst vmetla do jeho srdce statečnost. Pocítil, že přišla chvíle chlapců, kteří dospívají. Chce odvrátiti vraždění neviňátek a kývá zvonem. Visí v provazišti zvonice a houpá se a srdce zvonu se houpá. Toť hra. Toť líbezné vyhrávání. Toť závoj na tváři litice, jež stíná a stíná.

Hle, výtrysky krve! Zježený knír a ozubí vražedníkovo! Hle, meč vlahý teplotou těl.

Mikolášovi nezbyla ani chvilička, aby se obrátil. Couvá, brání se, a jeho kůň jde pozpátku a drtí údy těch, kteří padli.

Loupežníci ustupují, ale otvor brány se temní novou bitvou, temní se jezdci, jež Mikolášovi bratři vehnali s tasenými meči do této soutěsky.

Zbojníkův kůň narazil zadkem na tuto chasu. Nemohl vpřed a

nemohl ani zpátky. Ještě uslyšel zvon, ještě zhlédl utíkajícího
chasníka, jemuž dal bílého koně, koně milejšího nad ostatní,
ještě jej zhlédl, jak pádí po trávnících, zůstavuje město za sebou,
ještě jej zhlédl, či měl již vidění?

To se mu jenom zdálo, neboť v bráně byla hlava na hlavě a
most se již zvedal.

Ach, hlava na hlavě, a ve všech těchto hlavách jsou vzkypělé
mozky a do všech mozků je zaťat dráp smrtelného děsu.

Jan, který byl o tři koňské délky za svým bratrem, zabil
pacholka, a jak ho zabil a jak padl jeho kůň, vzniklo místečko a
jiný z bratří mohl vklíniti svého hřebce po bok Mikolášovi. Stalo
se, že tento strůjce krveprolití mohl vydechnouti a nabral
dechu. Tu vykřikl, jako křičívají ti, jejichž játra klove zoban
šílenství, a jeho meč dopadá s novou silou. Vánek roznáší
pokřik zoufalcův a on sám, samojediný se dere vpřed. Je bledý,
smáčí jej krev a mdlobný pot. Je strašný!

A tu u velikém zmatku vpadnou do tohoto vřískání zděšené
zvony a vzniká nářek a volání, jako by Bůh položil dlaň na své
slunce. Brána se otřásá, město se budí a je slyšeti hlas volající:
Hoří, hoří, hoří!

Ach, blázni! Řada strážců se obrací, halapartníci odhazují svoje
halapartny, vojáků ubývá, cesta je volnější a volnější. Ti, kdo tu
zbyli z těch, kteří měli Mikolášovi pomáhati, tisknou se jako
potkani ke zdem a strachují se. Pláčí nad svojí hanebností a
prosí měšťáčka, který u nich stojí, aby jim dosvědčil, že nevešli
o své vůli.

„Bylo nás třicet devět a všichni utekli, jen nás, hrstičku
chudinku, vehnali loupežníci do brány. Ti, kdo padli, byli zabiti
nikoliv obránci, ale loupežníky. Jsou to běsové, pane!"

Měšťák, ruku na bradě, jim přikývne, ale vtom se ozývá nový
ryk a lazebník udělá lépe, když se ztratí.

Mikoláš s bratry projel městem až k věži, v které jest vězení.
Potkali několik břicháčů, již si přidržují v běhu klobouk a
padající spodky, potkali chlapiska mávající holemi a řvoucí
vybídnutí, jichž nikdo nedbá.

„Hlupáci, tahle má rada by zachránila naše hezoučké město. Ale
shořte si na troud, vy lůzo nevědomá. Já se hněvám! Já se na vás
hněvám a peláším domů hlídat vlastní střechu. Namoutě! Ta

jediná z celého vašeho hnojníku za něco stojí."

Ach, náš předobrý kapounek vtiskne ženě do ruky vědro a zároveň s ní bude veleti dvěma zjevencům, kteří mu dluží peníze.

Stráž jednou již poražená a uvedená do zmatku pronásledovala loupežníky jen mdle. Stalo se, že nikdo nic nesvedl proti zuřivosti Mikolášově a proti zuřivosti jeho bratří. Nepomohl leč úradek boží, jenž se stře jako propast. Vidím již konec nešťastníkův. Vidím smrt jeho bratří. Když se loupežníci dobrali k vězeňské věži, bylo zde dosti vojenského lidu, aby jim zabránili otevříti. Vrata se leskla železem. Udeřili na ně! Vystavili na odiv svoje šílenství. Nádherné šílenství neúčelného a marného boje. Majíce za zády tlupu oděnců, majíce hroty kopí málem na svém těle, zatímco královský hejtman se opásává, zatímco vyjíždí skupina jezdců, aby je přibila k zemi meči, v takové chvíli myslili na útok. Jaké bláznovství! Naposled je zkrášluje jejich krunýř. Naposled zvednou meč. Ještě ránu, jednu jedinkou ránu.

Co zbývá, abych pověděl? Vrhli se na ně. Hle, vlna prvá a druhá a třetí. Meč nastupuje po meči. Toť blýskavice mečů a znění mečů. Vidím smrt vsedati na kůň. Stoupá z levého boku a soudcové jí přidržují třmen. Vaše smrt, loupežníci. Tvá smrt, Mikoláši. Stojíš opřen o veřej věznice a tvoje hlava se naklání a padá k rameni. Tvá paže je těžší a těžší. Umdléváš, v tvých očích je mlha. Všechno se stává tmou a vládne tma. Tma, střed zřítelnice boží, tma, široširá tma, místečko užší než bod astronomů. Slyším polnice času, kvapícího času, jenž naléhá. Všude nad městem jsou zavěšeny barvy, ale ty je nevidíš. Nastává jitro, Roháček plane přísvity slunce. Hle, již se vyhouplo na obzor, ale ty jsi slepý. Umíráš? Nikoliv! Nikoliv, je ti vyhrazena hanba umříti potupněji. Viz břevno šibenice! Viz je, prohlédni!

V té chvíli se ozvalo troubení. Přicházeli oděnci královí. A jako vítr zmítá smítkem sem a tam a jako vlk rozráží stádo a jako shromáždění v chrámu se tiskne ke zdi, aby měl biskup volný průchod, tak se rozestoupila vojenská lůza, jež bije do raněných. Trubačův nástroj zní jako slunce. Na jeho hrdle vlaje praporec a na něm se střídá s nachem králův znak. Je mnoho těchto oděnců, ale králův znak zvětšuje jejich počet desateronásob. Jdou nespěchajíce. Blíží se, ale kdo to před nimi stojí? Kdo stojí proti nim?

Vidím krvavá těla váleti se před branou sotva dotčenou, vidím jednoho loupežníka, který chce vstáti, vidím jiného, který vrávorá podél zdi. Vidím rozťaté hlavy a krev odkapávající od ran. Vidím zkázu a smrt těch lidí, kteří byli loupežníky a kteří vedli odbojné bitvy.

Zatím Kozlík slyšel ve své kobce vyzvánění a řev. Poznával své synáčky! Jeho srdce ochořelo nadějí, smál se, lomcoval závorou a bušil do dveří křiče: „Jsem zde! Jsem zde a čekám!"

Hluboko v temnotách žaláře naslouchala i Alexandra. Avšak hlomoz slábne. Nastalo utišení. Kozlík uvnitř věže přiložil ucho ke zdi a poslouchal, neozve-li se zabušení a spěšné kročeje oděnců. Nic. Míjí chvilička ticha, ticha uhrančivého, ticha, které sviští, jako kdyby ten, kdo poslouchá, padal do propasti.

Nadarmo čekáte, rytíři, nadarmo se vaše srdce škube nadějí. Vaši synové jsou zbiti a leží pod nohama vojska. Jejich helm se valí před prahem a chřestí na holi šviháckého měšťáka. Jejich údy jsou rozhozeny v prachu a městská lůza jimi smýká sem a tam. Jen naslouchejte, vy kouzelníku bitev, vy básníku divokých scén, vy hráči příliš prostomyslný, vy hrdopýšku, vy hrdlořeze, vy blázne bláznivý! Jen naslouchejte, ucho na zčernalé zdi, prst mezi zuby, v hlavě šumění a v srdci, v srdci náprstek krve, která se nezvedá. Naslouchejte, až se ozve slavný hlas trubky. Již zní, již vzlyká, vzlyká, vzlyká.

Blíží se konec vypravování a sladká útěcha usedá k vyprázdněné misce příhod jako holubice utěšující vdovu.

Smrt! Ach, to šílené jméno marnosti straší a straší. Nedám nic na tvoje slovo, ty výmluvný hlupáku, bojím se smrti, děsím se jí a všechno, co mám, obrátím na modlení!

Jděte mi k šípku se svým štěbetáním. Život a smrt. Toť líc a rub penízu, za nějž kupuji. Dej Bůh stálé zdraví našemu zákaznictvu, bude se báti, jen pokud zůstane naživu!

Všichni budeme jedné noci na mrazivé stráži, všichni budeme ležeti pod zsinalou lunou a budeme pískati svou písničku štěrbinkou, která pooddálí naše tesáky, toť se ví, že se neubráníme. Vážení pánové, podívejte se však, jak je ta kmotřička sama bídná a uondaná. Vidím na jejím pařátu vřídek, který se má bujně k životu! A že jí nikdo neodolá? Slyšeli jste, že by přemohla milence? Nikoliv! Nikoliv! Hle, anděla zvěstování, jenž má brunátnou tvář! Je nádherného těla a směje se z plna hrdla. Slídí za vlnami křovisk, po ložnicích, podél řek, sněhu a píscích, a všude, kde jsou otisky těl, prodlí a zhusta zvedne svoji pravici a dlaň ruky levé přikládá k srdci. Říká slovíčka života. Miluje muže a ženy, ale nadmíru se mu protiví panenství a osamocení samci. Vážení pánové, příhody Markety Lazarové se nekončí! Nezemře, ale povije syna, kterému bude dáno jméno Václav. Tento Václav bude míti šest synů. Děti Burjanovy, děti Janovy, děti ostatních bratří a bezpočet levobočků budou rovněž nadáni dítkami. Ale nadevše je mi milé, že zůstal naživu strýc těchto dětí, nejmladší synáček Kozlíkův, jemuž rovněž nebude odepřena plodnost.

Hlava desátá

Podobá se, že všichni loupežníci, kteří se odvážili útoku na vězeňskou bránu, padli. Žel, nebylo tomu tak. Mikoláš a dva jeho bratři se pozdravili z hrozných ran. Byli uvrženi do věže. V bolesti a v mukách tráví svůj čas. Jejich zranění kvasí a kyše jedy. Jejich krev je otrávena a jejich dech je otráven. Nešťastníci leží v hadrech, na bídném lůžku, v hadrech porážky a opovržení. Nad jejich hlavou se spouští pavouk křižák a seká nohama a spíná nohy a souká hnusný útek. Ó našeptávač zoufalství, ó hnusný tkadlec!

Obraťte svoji tvář ke stěně, která je černá jako freska zkázy. Oživte svoji chtivost příhod, kráčejte vzhůru! Ta stěna plná plísně a škrábanic šílené beznaděje, to jest krajina! Hle, Roháček, hle, blízká dubina, hle jezdec, který krouží mečem nad hlavou. Žhněte radostí, žhněte silou, která se kdysi přitiskla na vaše údy.

Ach, síla, nebylo třeba ničeho menšího než této porážky, aby se rozplynula, ale duch je nepřemožen a radost je síla ducha.

Zběsilá jízda démonů prchá z vaší temnice. Učinili jste, co jste učinili, a vedli jste si jako ti, jimž nebyl zbůhdarma svěřen meč.

Slyším klepání a podobný zvuk mu odpovídá. Toť mluva věznic, toť hlasy bratří. Bůh vám dopřává slyšeti Kozlíka a vy mu nasloucháte s úsměvem.

V tu dobu chodila již po vesnicích zpráva, že všichni loupežníci byli schytáni a pobiti. Převorka Blažena ji vyslechla pátého dne a vyslechnuvši ji šla k Marketě a vše jí vyjevila.

„Milenec, který tě roznítil takovou láskou, leží raněn a umře. Býval uchvatitelem, kéž by si nyní dobyl nebe! Slyším však, že je vzpurný a že se posmívá svým strážcům. Marketo, není mu třeba ani přísahy lásky, ani políbků, ale připomínky soudu."

„Převorko, převorko!" vykřikla Marketa a její ústa a tvář pozbyly barvy živého těla. „Převorko! Nemám síly, abych mluvila, leč o poselství, kterým překypuji. Má duše zarostla listovím lásky. Nevěřím ve vypravování, nevěřím v hnusnou porážku! Nikoliv! Ne a ne! Jméno manželovo zrcadlí jen sílu. Dobude zpátky vladařství světa. Vidím jej. Je zdráv! Je zdráv!"

„Bezbožnice," pravila převorka, „tvoje zpronevěra je horší nežli smrt! Učinila jsi mě svědkyní svého pádu, nuže vzápětí tě učiním svědkyní své moci."

Řkouc to, vyšla a rozkázala, aby sestry odvedly Marketu do komůrky, jež nemá okno.

Byla uvězněna, napodobovala osud milencův.

Převorka procházela zahradou. Byl vlahý večer. Prášek první tmy se sypal jako mír. Bylo již jaro. Ba, to je vratký důvod k shovívavosti se souložnicí vrahů, jež se nekaje. Děvka! Je slyšeti snad pláč či zavzlykání? Ne, věru nic, je ticho. Ticho a hořký mír.

Učiňte, lidé, v závrati svojí moci vše, a učinili jste jen maličko. Nic, neboť poroučíte ubohému tělu. Vy poroučíte, ale Bůh vládne. Vodí duši po nepřístupných cestách a káže jí vykonati skutky začasté nevyličitelné a přehrozné. Domníváte se, že jste porozuměli světu, ó pýcho, což neslyšíš sykot hada, který je blízko?

Převorka se modlila, aby jí Bůh skytl pokory a moudrosti. A tu se stalo, že ji přiměla jakási myšlenka, snad božská a snad z vnuknutí nečistého, aby šla a otevřela Marketino vězení. Zastihla nešťastnici na kolenou. Převorka ujala ji za ruku a pravila:

„Odkud přichází lidská myšlenka? Ty ani já nic o tom nevíme.

Zabodávají se jako šípy do naší mysli, kdo však je vypouští, kdo je ten lučištník? Má milá přítelkyně, nesmím si osobovati přísnost bez pokory. Kdyby Bůh chtěl, uchýlil by myšlenku, která tě posedá, a padla by do hlavy berana či psíka. Nemám práva ptáti se, proč to neučinil, nemám práva překážeti skutkům, jimž Bůh pokynul, aby se udály. Nač ještě váháš? Vstaň a jdi, kam tě vábí tvé srdce. Cítím, že se blíží chvíle, aby se naplnilo neštěstí tvoje i neštěstí Mikolášovo. Snad tě volá Bůh, aby vás přikryl rouchem pokání, snad ustanovil, abyste oba k němu volali jediným hlasem."

Řkouc to, otevřela dveře.

Marketa jí poděkovala a vše, co řekla, bylo tak jímavé, že se převorka nezdržela slzí.

Plakaly jako sestřičky.

Potom se dala nešťastnice na pochod a šla jiskřící nocí až k městské bráně. Když docházela, právě svítalo. Bylo jí čekati, až vyjde branný a až se jí otáže, co přišla prodávat či co si žádá. Byla oděna jako venkovanka, plakala, její spanilost byla porušena a její břicho bylo těžké těhotenstvím. Jakž by mohl branný vpustiti tuto chudinku bez otázky?

Již se sjíždějí povozy a sedláčkové z blízka i z dáli si vypravují o svých pracích a o bezpečí, neboť král vysmejčil silnice tak dobře, že malé děvčátko donese krajáč dukátů z města do města.

Konečně se otevřela brána. Hle, stopy zápasu, hle, trysky krve, změnivší barvu. Marketa stojí jako očarována a bojí se slyšeti vše, co se vypráví. Ach, tu ji poznají, tu ji poznají zlí sousedé a vlekou ji před hejtmanský dům. Prokletí chlapi, prokletá horlivost! Po chvíli stojí mezi písaři a soudci a praví:

„Co jsem vám učinila? Neporušila jsem světských zákonů."

„Jakže," odpovídají, „neprotivila ses otci? Nesetrvala jsi s loupežníky, nestála jsi na jejich straně?"

Jali Marketu a ponechali ve vazbě pět dnů, dávajíce jí jísti chléb a píti vodu.

Ale tolikátého dne došel do Boleslavě královský posel a oznámil to, co se má státi.

Kůň poslův byl bílý, jeho čabraka byla nachová a vše, co bývá na rytířských postrojích železné, třpytilo se zlatem. Před

jezdcem jeli jiní jezdcové, držíce v níkách kopí s praporci. Posel
králův nebyl ozbrojen a neměl helmice. Nesestoupil z koně, a
dokud mluvil, sám hejtman držel uzdu jeho bělouše. Tu se dají
trubačové do slavného troubení, a když umlknou, vstane
královské páže ve třmenech a praví:
„Král odměňuje věrnost a tresce bezpráví. Káže vám mír a
pokojné časy! Nikdo, ať šlechtic, ať stavu duchovního, ať sedlák,
nikdo ať nesáhne ke zbraní ve věcech neshody a pře! Nikdo ať
nevychází, aby bažil po zboží kupců či po úrodě, která je cizí!
Nechť je bezpečen sedlák platící desátek a kupec, který odvádí
tržní peníz! Nechť je v bezpečí! Král káže volnost cest a smrt
těm, kdo vystupují v zátočinách. Odtud budete choditi v
závorách králova hněvu a zlato na odiv vystavené v lesích bude
jisté. Král je rozhněván, že jste jej přinutili, aby opakoval, co byl
již řekl. Rozhněván káže, aby šlechtici, kteří upadli do rukou
vojska, byli zvěšeni na náměstí. Hlava nejstaršího pak padne
sekerou."
Tu vyjmenoval sličný posel jména loupežníků, a když doznělo
nové troubení, mluvil dále:
„Trest uložený ženám je tento: Buďtež přivedeny k špalku a k
šibenicím a buďte učiněny svědkyněmi všech smrtí. Potom
budiž vzat všechen jejich majetek a dáno jim místo, aby se
svými dětmi žily po zemansku. Roháček nemá býti obnoven,
jeho příkop zůstane bez vody a stavení rozvaleno. Bude
obrácen v louky a v lesík a nikdo tam nebude bydliti. Dále pak
praví král, aby ta z dcer zbojníkových, které je jméno
Alexandra, byla utracena jako vražednice, a cizí pán, pro křivdy
na něm spáchané, nechť zvolí způsob smrti a vhodný čas. Ta
věc se odkládá. Žena samodruhá nemá býti dříve trestána, než
slehne. Dále nechť rozsoudí saský hrabě Kristián."
Řka to obrátil spanilý posel svého bělouše a vyjel z města.
Nepřijal pokrmu ni odpočinku, ba ani jeho koni se nedostalo
obroku. Odpočinul vně hradeb, pod stany a v samotě na
znamení, že král je pohoršen.
Sbohem, vy kovová ústa, ty sokolníku hněvu, kéž bys byl nucen
vykonati to, co jsi vyřkl. To by se ti, brachu, třásla ručička!
Z odsouzenců nemohl nikdo slyšeti králova posla leč Kozlík a
Mikoláš. Starci spoutali ruce a vyvedli jej z vězení na boží

slunce. Kozlík byl stár. Jeho oči zeslábly a mžikaly proti záři. V jeho kožiše hnízdila tma, v jeho vlasech a v keříčcích jeho vousů hnízdila tma, hnusná tma, kterou střásá. Zachvívá se jako nezkrocené zvíře, jako lvice, na jehož šíji vložili ruku. Zachvívá se a střásá tmu a slabost stáří, nemoci a mdlobu a strašení se. Držením těla prozrazuje pýchu. Jeho tvář nese stopy pohrdání. Je bled. Ta děsná jizva! Ta ústa vykroužená jako holubičí křídlo! Ústa, jediná pečeť krásy na tomto tygřím obličeji.

Když došel, poklonil se králi a naslouchal, pozorný na slovíčko. Slyšel, že zemře. Jaká hnusná smrt! Jaká podívaná pro tyto měšťany, jimž přebíhá po hřbetech mražení, již sykají, přitahujíce čelist k čelisti, již stěží drží moč a slzy! Kéž bys potlačil výkřik, kéž bys zadržel vzdech! Buď ti ku pomoci tvá pýcha! Kozlík složil ruce na prsou a přitiskl levou dlaň k lokti a pravici na své srdce. Neděl slova, nevykřikl a nebylo slyšeti leč zachřestění řetězů příliš volných. Tu zazní polnice, a shromáždění trne a ukazuje prstem na odsouzencovu tvář a na ruce prorvané ranami. Paní si utahují ňadra pláštíkem a poodstupují. Tu se zástup srazí, tu se rozptýlí, a vzniká hluk a ropotání.

Stůjte! Jen chvíli, malou chviličku. Otvírají se dveře vězení a tři pacholci na jezdeckém plášti vynášejí Mikoláše. Ach, hrůzo příliš zjevná! Ó divadlo příliš viditelné! Kam se obrátíte, kde najdete místo? Řada zešílevších diváků vás vrhá na toto tělo a vy jim odpíráte, nakročujíce nohou. Cítíte hlavu krejčího a loket lazebnice na svém rameni. Průvod jde blíž a blíž a zastaví se před Kozlíkem.

„Můj pane," praví Mikoláš, „udeřili jsme na vězení, ale milost boží při nás nestála."

Tu Kozlík přiklekne, a schýliv se nad strašného syna, odpovídá: „Jakž by nestála? Bůh si přeje, abychom zemřeli společnou smrtí. Vy i já. Ale tvá matka a tvoje sestry budou žíti."

Pouto Kozlíkovo leželo na synových prsou a jeho ruce se opíraly o zem po jeho paži pravé a levé.

„Ty jsi můj nejmilejší syn," děl opět Kozlík po chvíli mlčení. Stráže stály nad tímto výjevem a příkaz držel jejich nohy. Toť příkaz příkazů a proti němu slovo královo platívá méně než slovo pohůnka. Vztek proti loupežníkům chrčel mnohým divákům v chřtánu, avšak nikdo se nepohnul, jen hejtman Pivo snal svůj plášť a přikryl Mikoláše. Vykonav to, vstal a řekl vojákům:

„Vyveďte Marketu Lazarovou z vězení. Král jí odpustil."

To právě vnukl hejtmanovi Bůh, to byla odpověď na otázku, již šeptal Mikoláš. Nedořekl ji, slyše hejtmana, a jal ho úžas a blaženství nad spravedlivou správou boží.

Hle, vrata vězení jsou opět dokořán, hle, ostatní průvod. Ejhle Marketu. Správce vězení ji béře za ruku a praví:

„Jsi volna, jdi, kam chceš. Král buď zapomněl, anebo mlčky odpustil." Ale Marketa Lazarová neodchází. Je jí lhostejno, co se s ní stane a kdo jí naslouchá. Rozhlédne se a praví jasným hlasem:

„Veďte mě zpátky. Neodejdu před svým manželem. Chci čekati, a kdybyste mi odepřeli vejíti, chci čekat na tomto prahu, jako čekává žebračka." Oblak ticha unáší tato slova. Jsou krásná? Nikoliv. Či snad vás jímají?

Ach ne, ach ne, nás jímá Marketa a Marketina láska.

Zděšené holubice a holubi pestrých hrdel vzlétli nad náměstí a kroužíce snesli se na vrcholky střech. Je krásný den, je krásný den a blažená hodina v polích, chvíle, kdy nasloucháte neviditelnému nástroji, který vyhrává ve světnici sousedčině. Chvíle jasu a slavné poledne. Tu se ozve klinkání zvonku. Vstaňte, na vašem okně skáče nezbedný vrabec. Kdež by to byla holubice! Vyhlédněte! Hle, Boleslav, hle, město našeho příběhu. Na tomto místě, označeném kamenem, se shledala Marketa Lazarová se svým milencem. Ach, časy netrvají, ale místo trvá. Zde slyšeli lidé její pláč a vášnivé přísahy. Na tomto náměstí byla oddána se svým Mikolášem za svědectví lidu, jenž zuřil a poplakával. Zbývá mi vypravovati o hraběti Kristiánovi, o Alexandře, o ženě Kozlíkově a o jejich dítkách.

Hrabě Kristián? Pláče a obviňuje Boha a ohavně se rouhá. Ale síla srdcí je převeliká. Žal padá ke dnu vědomí. Konáte mrzuté práce a ve vašich tepnách stoupá opět sloupeček neporušené krve. Tu je nutno odpovídati biskupovi, který je přece jen mizera, tu jest vám konati cestu domů a opět do Čech. Ba, namouvěru, když se Kristián setkal s Alexandrou, bylo její mateřství již nepopiratelné. Měl ji souditi! Ach, nikoliv, odpustil vražednici svého syna a matce jeho dítěte. Žel, královské slovo platí buď jak buď. Jel s Reinerem znovu ke králi. Slyšel opět bubny a troubení a slyšel ticho, jež se stře po královských cestách. Nezhlédl však královy tváře. Tu se vrátil a plakal.

Zatím přišla Marketa Lazarová na Obořiště, a vešedši do obnoveného domu, pravila svému otci:

„Otče, Bůh tě učinil mým přítelem a mým ochráncem a dal ti do ruky důtky, abys mě trestal, když pochybím. Ty ses o mne starával, a já jsem pohrdla tvým domem a pohrdla jsem i domem božím. Jsem tak hříšná! Řekni mi slovíčko, abych i já nabyla řeči. V mé útrobě se hýbe syn. Jak s ním budu mluviti, nezbavíš-li mne mlčení? Ulož mi trest a pokání a měj mě k věrnosti, abych mohla býti živa a nezemřela se svým manželem. Měj mě k věrnosti, neboť o moji duši se sváří smrt a sípá: Hrob, hrob, hrob!"

Lazar, jehož brada je bílá jako kouř, se poznamenal znamením kříže a odpověděl. „Nepřestala jsi být mojí dcerou. Jen nakrátko jsi byla mimo dům a zítra ovdovíš." Tu ji ujal za ruku a chtěl ji vésti do světnice, kde byla shromážděna všechna čeled. Ale Marketa se vrhá na kolena a dí:

„Můj manžel mi přikázal, abych žila s jeho sestrami. Manžel mi káže, abych se rozloučila! Můj manžel!"

Ach, jaké truchlivé loučení, jaké truchlivé odpírání otcovské vůli! Tu vešli Lazarovi synové a v pohnutí a mlčky zírají na tuto kajícnici, jež se nekaje, na tuto služku lásky.

Vážení pánové, všichni, kdož poslouchají vášnivou milenku, se kdysi domnívali, že jim moudrost říká bratře a sestro. Oslnila je láska. Toto oslnění působí zajisté jen pouhopouhý prášek živoucího světla, a ten prášek dostačí, aby zmátl jejich jistoty a zhroutil jejich pevnost. Vrhá je na kolena. Nikdo z nich neproklíná, jsou překonáni. Bůh změnil jejich srdce a dal jim pocítiti, že jejich moudrost je pouhá pleva.

Což mohou ti břidilové něco jiného? Včera se chichotali, že jejich obchůdky proklouzly pod královskou rukou, a dnes by chtěli soudit? Nu, budiž jim přičteno k dobrému, že obrátili.

Starý Lazar vyvedl koníčka a na voze, s nímž kdysi jezdíval do chrámu, jel s Marketou k městské bráně.

Nazítří pak byl stanoven den popravy. Paní Kateřina,

Alexandra, žena Kristiánova, Václav a ostatní dítky Kozlíkovy byli již shromážděni v hejtmanském domě. Spali v čeledníku. Kateřina si přála probdíti noc před vězením, ale bylo jí to odepřeno. Babizny, litice, posměváčkové a chamraď vylezlá ze všech koutů přicházela k ní a zblízka jí křičela do uší svá hulákání a jeky. Vedlo se jí tak již cestou z Turnova. Šla a stála v katedrále hanby, jež byla učiněna z plamenů a žhne jako plameny. Nebohá paní, nebyla zkrvavena a její hoře je málo viditelné. Nezastrašuje, necloumá těmito spratky jazyka a smíchu. Vy zvědavci a divákové, jen blíž, jen blíž! Popadněte dívky kolem pasu a poskakujte podle jejich vážného kroku. Vyprázdněte svůj mozek v té vřavě spravedlnosti. Toť jeden z trestů, bez něhož není míru.

Posměch padal jako krupobití a déšť na hlavu poutníků. Když přišli do města, zástup vzrostl. Bylo slyšeti řehot a výskání. Před průvodem metá kozelce jakýsi chlapík v rudé kápi a jiný píská ze všech sil a opět jiný si přidržuje hroty střevíců a pitvoře se praví k Alexandře:

„Má panno, panno, po níž srdce plá!"

Bylo potřebí síly soch a síly lví, aby loupežnice zanechaly urážky bez povšimnutí. Neděly slova, šly. A jejich mlčení bylo kolem nich jako stan. Konečně se donesl k hejtmanovi ten křik, a tu zhlédnuv, co se děje, vyšel pod svými odznaky. Pohroužil se do shromáždění a křičel, jako se křičívá na ústupu: „Zpátky! Zpátky!" Odcházeli praneochotně a ještě rozptýleni povykovali v uličkách, žádajíce si práva pranýře. Potom byly loupežnice odvedeny do domu hejtmanova a k jejich dveřím postavena stráž.

Kolem půlnoci stanul Lazar se svojí dcerou před městem a byli vpuštěni. Ach, toho shledání! Kdo vypoví radost plnou studu, důvěru, vítání, žal, hrdost a smutek? Slova nejsou tak mnohoznačná a ten, kdo mluví, nemluví jen slovy.

„Ty jsi přišla, Marketo! Hle, tolik ztrácejíc, získávám dceru. Mé dítě, neopakuj tak příliš často běda! a běda! Nehořekuj. Vše, co se děje, nutno přijímati. To skýtá Bůh. Jeho srdce je laskavé i nesrozumitelné. Ke všem skutkům je přimísená láska. Co na tom sejde, že teď pláčeme? Co sejde po králově hněvu? Je

108

královštější soudce a bude souditi rytíře rytířsky a sedláka selsky. Můj manžel vyučil své syny ctnosti, kterouž mu kázal jeho čas. Žel, čas se mění! Můj manžel byl nalezen zbojníkem, jeho srdce však nikdo nepotěžkal." Řkouc to Kateřina se zamlčela, trhajíc tkáň svého zlatohlavu. „Již ani slzu, ani slzičku," děla vposled. „A věrnost, věrnost starým časům!" Noc se vlekla a prchala bijíc do zvonu, jenž křápe hodinu po hodině. Jeho prasklý hlas je podoben zvuku řetězu, s nímž sestupuje žalářník a jejž vleče dolů stupeň po stupni. Již svítá, vzhůru, krkavci, vzhůru, čeládko nerovných křídel, vzhůru, havěti s ocasy ujetými, s narudlým zobanem, smrdutým dechem a se zjeveným okem! Ach, jenom hrdlička si sedí na věži a volá a volá. Jaký den! Hle, růžek měsíce, hle, šípy svítání. Všechno se děje bez hlesu. Opatrná stráž přechází náměstí a míří k věži. A za stráží jde průvod žen a dítek. Toť paní Kateřina a všichni ostatní. Vidím Marketu Lazarovu, pak Alexandru a vposled Václava. Ten chlapec není umyt a vzlyká do dlaně. Teď vešli. Hlídka zrychlila svůj krok, snad není její srdce uchváceno? Proč počítá? Jakým myšlenkám se brání? Ach, na mou čest, to čekání je strašné. Od brány podél zdi až k hradebnímu úhlu je patnáct kamenů a pouze třináct jsem napočetl směrem opačným. Hle psici, jež se vleče, a žebračku, dnes málem vzpřímenou. Náměstí se již plní. Dav přebíhá a stojí jako lesy. Dav dobráčků, dav starodávných přátel, již jsou loupežníkům dlužni prokletí za noční přepady. Ten člověk se nadýmá, ten tluče na svůj opasek a břich, ten se naježí a od nohou a po stehnech mu běží mráz. Starcům nabíhají na skráních žíly, a jejich šat je teplý a týly studené. Ty oči v sloup, ten vyvrácený pohled! Slyšte teď buben. Slyšte patero bubnování a patero ran na dveře vězení. Podél zdi se řadí kopiníci. Jejich stín se láme a stoupá vzhůru olizuje římsoví. Kopiníci a opět bubeník, jenž hlásá smrt. Na kůži jeho bubnu je přehozen závoj, buben zní temně a jeho hlas je jako stín zvuku. Nyní září slunce, a všechna ta bída plane nádherou, všecičko zbrunátní a na obrátku se stane třpytem. Horko stoupá. Kat si setře pot a tlouštík v krunýři se šije jako žák. Teď vyšel Kozlík s paní Kateřinou a se svým kaplanem. Dotkl se rouch Pána, jenž se vezdy usmívá, a jde jako vinař, když mu vypršel čas smlouvy. Rozhlíží se po shromáždění, a vida na jeho tváři zpustošení a zoufalost, polituje se a dí: „Již za chviličku budu zbaven tíhy času. Jsem věru stár."

Dále nemá, co by řekl, a vida tepající oči svojí ženy, usměje se trošíčku, aby ji povzbudil. Za ním kráčí Mikoláš. Je sláb a vratkých nohou. Ta, která jde po jeho boku, ta, která jej podpírá, je Marketa. Jeho pobodaná tvář je bledá, jeho ramena budí vzpomínku síly, jeho pravice budí vzpomínku síly, pravice, kteráž se klade na rameno ženino, aby ji úžeji přivinula. Je očarován smrtí, jež, suďte jakkoliv, jest mír. Je očarován láskou a životem. Nikoho nevidí leč ty, kdož kráčejí touž cestou, nezaslechne hlas zástupu a nemá strach. Jeho duše je blízká jeho srdci a hvězdný prach, který jí ulpěl na křídlech, padá teď do krve a stoupá do všech žil. Toť pokora, bez níž je statečnost divá jako zuření.

Jen pokora? Toť věru málo! Což se nekaje? Což nelituje hříchů? Ne. Byl příliš loupežníkem a býval vždy pyšný.

Za Mikolášem šly dvě dvojice bratří podpírajících se navzájem. Jejich zranění byla děsná a ženy nad nimi hořekovaly, patřivše jim tváří v tvář, a mužové vyráželi vzdechy vidouce stopy mečů.

Kam se poděly štěbetalky, babice a zlé jazyky? Není jich. To bylo letmé vzkypění a maska slabosti a radost z nekrvavé hry. Však toto divadlo je velikolepé.

Kozlík se rozloučil. Jeho hlava padá do koše a jeho týl je krvavý. Mikoláš stojí pod šibenicí a vdechl naposled. Za ním jdou čtyři bratři a kat jim klade oprátku a láme vaz. Buďte mi s Bohem.

Ti, kdo viděli tu smrt, ti všichni stáli bez dechu. Bylo pak zapsáno, že ženy loupežníků stály jako sochy, na nichž hoří šat. Jediná Marketa Lazarová se zhroutila a její pláč zněl jako vítr, jenž nás strašívá.

Marketa Lazarová! Ale to jméno není již její jméno. Tato paní povila syna jménem Václav. V témž čase slehla i Alexandra. Slehnuvši vzala si vlastní rukou život a Marketa kojila obě děti. Vyrostli z nich chlapáčtí chlapi, ale, žel, o jejich duši se sváří láska s ukrutností a jistota s pochybnostmi. Ó, krvi Kristiánova a Marketina!

Můj básníku, toť příběh sestavený málem zbůhdarma. Vždyť jej tak dobře znáš! Vypravoval jsem jej bez umění a stěží si zasloužím tvou chválu. Což naplat. Proutek proutkařův se stále ohýbá nad těmito spodními vodami. Nenalezl jsem pramen, vyhlub sám na popsaném místě jámu a vykruž cisternu, z níž pijí jehničky.

Also Available from JiaHu Books

Przedwiośnie
Potop. Tomy 1-3
Chłopy
Ziemia obiecana
Rok 1794. Tomy 1-3
Faraon
Bunt
Ludzie bezdomni
Wampir
Quo vadis?
Za chlebem
Syzyfwe prace
Pan Taduesz
Na wzgórzu róż
Kariera Nikodema Dyzmy
Utwory wybrane – Maria Konopnicka
Nienasycenie
Zemsta
Osudy dobrého vojáka Švejka za světové války
Válka s molky
R.U.R.
Hordubal
Krakatit
Továrna na absolutno
Povětroň
Obyčejný život
Babička
Rozmarné léto
Hiša Marije Pomočnice
Judita
Dundo Maroje
Suze sina razmetnoga

Made in the USA
Monee, IL
22 December 2021

86829900R00069